王晋康少儿科幻

步云履

王晋康 著

科学普及出版社
·北京·

图书在版编目（CIP）数据

步云履 / 王晋康著；颜实主编 . —北京：科学普及出版社，2018.1

（王晋康少儿科幻系列）

ISBN 978-7-110-09701-4

Ⅰ. ①步… Ⅱ. ①王… ②颜… Ⅲ. ①科学幻想小说—小说集—中国—当代 Ⅳ. ① I247.7

中国版本图书馆 CIP 数据核字（2017）第 300785 号

策划编辑	王卫英　杨虚杰
责任编辑	王卫英　符晓静
装帧设计	中文天地
责任校对	焦　宁
责任印制	徐　飞

出　　版	科学普及出版社
发　　行	中国科学技术出版社发行部
地　　址	北京市海淀区中关村南大街16号
邮　　编	100081
发行电话	010-62173865
传　　真	010-62173081
网　　址	http://www.cspbooks.com.cn
开　　本	880mm×1230mm　1/32
字　　数	90千字
印　　张	5.5
版　　次	2018年1月第1版
印　　次	2018年1月第1次印刷
印　　刷	北京盛通印刷股份有限公司
书　　号	ISBN 978-7-110-09701-4 / I·514
定　　价	28.00元

（凡购买本社图书，如有缺页、倒页、脱页者，本社发行部负责调换）

目 录

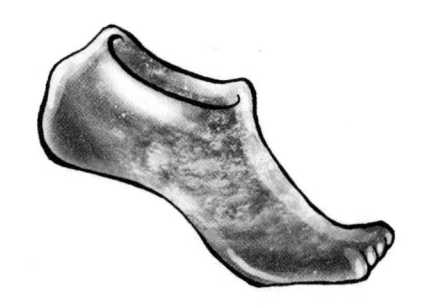

太空清道夫 /1

新安魂曲 /39

步云履 /112

太空清道夫

增压室的气密门锁"咔嗒"一声响,女主人站在门口迎接:"欢迎,从地球来的客人!"

门口的不速之客是一对年轻人,明显是一对情侣,穿着雪白的太空服。取下头盔和镀金面罩后露出两个娃娃脸,看上去大约 25 岁。两人都很漂亮,浑身洋溢着青春的光辉。他们的小型太空摩托艇停靠在这艘巨大的 X-33L 空天飞机的进口,X-33L 则锚系在这个形状不规则的黑色的小行星上。

女主人再次邀请:"请进,可爱的年轻人!"气密门在他们身后"咔嗒"一声锁上。小伙子站在门口,多少带着点儿窘迫地说:"徐阿姨,请原谅我们的冒昧来访。上次去水星观光旅行时，途中我偶然见到这颗小行星，看到您正在用激光枪雕刻着什么。蛮荒的小行星，暗淡的天幕，绚烂的激光束，岩石气化后的滚滚气浪，一个勇敢的孤身女子……我对此印象极深。我从一个退休的飞船船长索罗先生那儿知道了您的名字……索罗船长您认识吧？"

主人笑道："当然，我们是好朋友。"

"可惜当时时间仓促，他未能向我们详细介绍。回到地球后我仔细查阅了近年的新闻报道，很奇怪，竟然没有您的任何消息。我，不，是我们两个，感到很好奇，所以决定把我们结婚旅行的目的地定在这儿，我们要亲眼看看您的太空雕刻。"

姑娘亲密地挽着女主人的胳臂，撒娇地说："士彬给我讲了这次奇遇，我当时就十分向往！我想您一定不会怪我们打搅的，是吧，徐阿姨？"

女主人慈爱地拍拍她的手背："当然不会，请进。"

她领着两人来到内舱，端出两包软饮料。两位年轻的客人好奇地打量着主人。她大约40岁，服饰很简朴，白色宽松上衣，一袭素花长裙。但她的言谈举止有一种只可意会的高贵气质，发自内心的光辉照亮了她的脸庞。姑娘一直盯着她，低声赞叹着："天哪，您简直就像圣母一样光彩夺目！"

女主人难为情地笑道："你这个小鬼头，胡说些什么呀，你们才漂亮呢！"

几分钟以后，他们已经很熟了。客人自我介绍说，他们的名字叫杜士彬和苏月，都是太空旅游学院的学生，刚刚毕业。主人则说她的名字叫徐放，待在这儿已经15年了。客人们发现，主人在船舱中飘飞着招呼客人时，动作优雅如仙人，但她裙中的两条腿分明已经有一点萎缩了，这是多年太空生活的后遗症。

女主人笑着说："知道吗？如果不包括索罗、奥尔基等几个熟人的话，你们是第一批参观者。观看前首先请你们不要见笑，要知道，我完全是一个雕刻的门外汉，是在26岁那年心血来潮突然决定搞雕刻的。现在是否先去看看我的涂鸦之作？"

他们乘坐小型摩托艇绕着小行星飞行。这颗小行星不大，只相当于地球上一座小型的山峰，小行星上锚系的X-33L几乎盖住了它表面的四分之一。绕过X-33L，两个年轻人立即发出一声低低的惊叹。太阳从小行星后方斜照过来，逆光中这群浅浮雕镶着一道金边，显得凹凸分明。一个身材瘦小的中年男子穿着肥大的工作裤，手执一把扫帚低头扫地，长发长须，目光专注。一位老妇提着饭盒立在他侧后，满怀深爱地盯着他，她的脸庞上刻满岁月的沧桑。从他们的面部特征

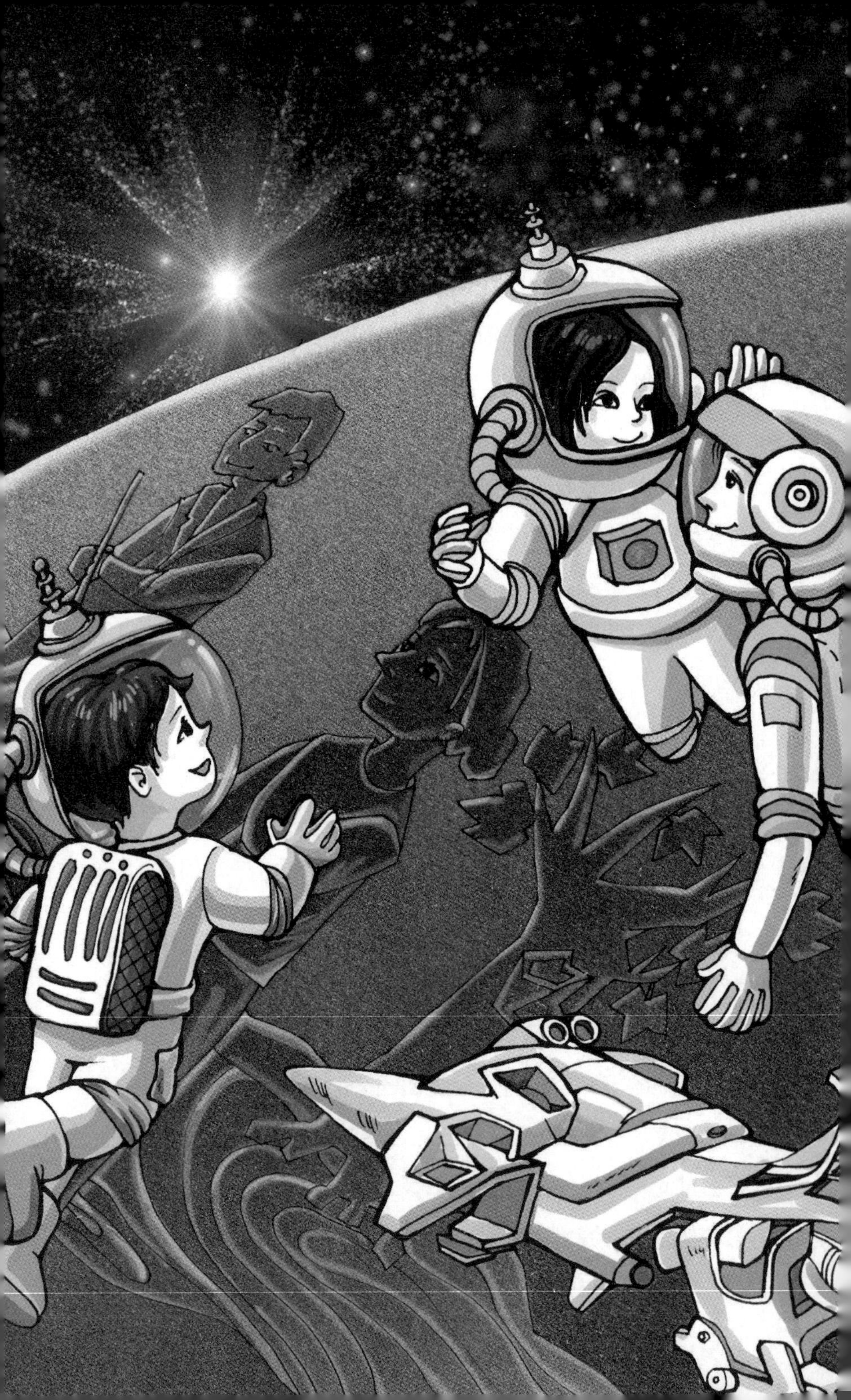

看，男子分明是中国人，妇人则高鼻深目，像是一个白人。他俩在面罩后惊讶而好奇地看着，这组雕像的题材太普通了，似乎不该安放到太空中。雕刻的技法也略显稚拙，不过，即使以年轻人的眼光，也能看出雕刻者在其中贯注的深情。雕像平凡的外貌中透出宁静淡泊，透出宽厚博大，透出一种只可意会的圣父圣母般的高贵。女主人痴痴地看着这两座雕像，久久不语不动。良久，她才在送话器中轻声说："看，这就是我的丈夫。"

两个年轻人不解地看看那对年迈的夫妇，再看看美貌犹存的女主人。女主人显然看出他们的怀疑，轻轻叹息一声："不，那位女士不是我，那是我丈夫的前妻，她比丈夫早一年去世了。你们看，那才是我。"

她指着画面上，有一名豆蔻年华的姑娘半掩在一棵梧桐树后，偷偷地仰视着他们，目光中满怀崇敬和挚爱。这部分画面还未完成，一台激光雕刻机停放在附近。女主人说："我称他是我的丈夫，这在法律上没有问题。在我把他从地球轨道带到这儿以前，我已在地球上办好结婚手续。不过，也许我不配称他的妻子，他们两人一直是我仰视的偶像——而且，一直到去世，我丈夫也不承认他的第二次婚姻。"

这番话更让年轻人怀疑。晚餐（按时间说应该是地球的晚餐）中，他们狼吞虎咽地吃着食物循环机制造的精美食品。

苏月委婉地说，如果方便的话，能否请徐阿姨讲讲雕像上三个人的故事？"我们猜想，这个故事一定很感人。"

晚餐之后，在行星的低重力下，女主人轻轻地浮坐在太空椅上，两个年轻人偎在她的膝下。她娓娓地讲起了这个故事。

女主人说，15年前，我和苏月一样青春靓丽，朝气蓬勃。那天，我到太空运输公司去报到，刚进门就听见我后来的太空船船长喊我："小丫头，你叫徐放吗？你的电话。"

是地球轨道管理局局长的电话，从休斯敦打来的。他亲切地说："我的孩子，今天是你第一天上班，向你祝贺！我知道，你们这些年轻人喜欢自立，我支持你离开家庭的庇荫。不过，万一遇到什么难处，不要忘了邦克叔叔哇！"

我看见索罗船长目光阴沉地斜睨着我。看来，刚才索罗船长接电话时，邦克叔叔一定没有忘记报他的官衔。我也知道，邦克局长在百忙中打来这个电话，是看在我父亲的面子上。我脑子一转，对着电话笑道："喂，你弄错了吧，我叫徐放，不叫苏芳。"

我放下电话，知道邦克叔叔一定在电话那边大摇脑袋。然后若无其事地对船长说："弄错了，那个邦克先生是找一个叫苏芳的人。"

不知道这点小花招是否能骗得过船长，他虽然怀疑地看着我，但没有再追究。转过头，我看见屋里还有一个人，是一名白人妇女，却穿着中国式的裙装，大约70岁了，满头银发，面容有些憔悴，她正谦恭地同船长说话，这会儿转过脸，微微笑着向我点头示意。

这就是我与太炎先生前妻的第一次会面。玛格丽特给我的印象很深。虽然韶华早逝，又不事装扮，从衣着看是个地道的中国老妇，但她雍容沉静，有一种天然的贵胄之气。她用英语和船长交谈，声音悦耳，很有教养。她说："再次衷心地谢谢你，10年来你一直这么慷慨地帮助我丈夫。我真不知道怎样才能表达我的感激之情！"

澳大利亚人索罗一挥手说："不必客气，这是我们应该做的。"

随后船长叫上我，到老玛格丽特的厢式货车上卸下一个小巧的集装箱，玛格丽特再次致谢后就走了，索罗客气地同她告别。但即使以我25岁的毫无城府的眼光，也能看得出船长心中的不快。果然，玛格丽特的小货车一消失，船长就满腹牢骚地咕哝了几句。我奇怪地问："船长，你说什么？"

船长斜睨我一眼，脸色阴沉地说："如果你想上人生第一堂课的话，我告诉你，千万不要去做那种滥好人。她丈夫李太炎先生定居在太空轨道，10年前，因为年轻人的所谓正义或冲动，我主动把一具十字架扛到肩上，答应在她丈夫有生

7

之年免费为他运送食物。现在，每次太空运输我都要为此额外花上数万美元，这且不说，轨道管理局的那帮老爷们还一直斜着眼瞅我，对这些'未经批准'的太空飞行耿耿于怀。我知道他们不敢公开制止这件事——让一个70岁的老人在太空饿死，未免太犯众怒。但说不定他们会把火撒到我身上，哪天会吊销我的营运执照。"

那时，我以25岁的幼稚咯咯地笑道："这还不容易？只要你不再想做好人，下次拒绝她不就得了！"

索罗摇摇头："不行，我无法开口。"

我不客气地抢白他："那就不要在她背后说怪话。既然是你自己允诺的事，就要面带微笑地干到底。"

索罗瞪了我一眼，没有再说话。

三天后，我们的X-33B型空天飞机离开地球，去水星运送矿物。玛格丽特的小集装箱已经放到摩托艇上，摩托艇则藏在巨大的船腹里。船员只有三人，除了船长和我这个新手外，还有一个32岁的男船员，叫奥尔基，乌克兰人。7个小时后，船长说："到了，放出摩托艇吧！"

奥尔基起身要去船舱，索罗摇摇头说："不是你，让徐放小姐去。她一定会面带微笑地把货物送到那个可怜的老人面前——而且终生不渝。"

奥尔基惊奇地看看船长。船长嘴角挂着嘲弄,不过并非恶意,目光里满是揶揄。我知道这是对我冲撞他的小小的报复,便气恼地离开座椅:"我去!我会在李先生的有生之年坚持做这件事——而且不会在背后发牢骚的!"

事后我常回想,也许是上帝的安排?我那时并不知李太炎先生为何许人,甚至懒得打听他为什么定居太空,但我却以这种赌气的方式做出一生的允诺。奥尔基笑着对我交代了应注意的事项、清道车此刻的方位等,还告诉我,把货物送到那辆太空清道车后先不要返回,等空天飞机从水星返回时,我们会提前通知你,再把你接回来。巨大的后舱门打开了,太空摩托艇顺着斜面滑下去,落进广袤的太空。我紧张地驾驶着,顾不上欣赏脚下美丽的地球。半个小时后,我的心情才平静下来。就在这时,我发现了那辆太空清道车。

这辆车的外观并不漂亮。它基本上是一个呆头呆脑的长方体,表面上除了一圈小舷窗外,全部蒙着一种褐色的蒙皮,这使它看起来像只癞蛤蟆那样丑陋。在它的左右侧张着两只极大的耳朵,也蒙着那种褐色的蒙皮。后来我才知道,这种蒙皮是超级特夫纶和陶瓷薄板的粘合物,它是为了保护清道车不受太空垃圾的破坏,也能尽量减缓它们的速度并最终俘获它们。

几乎在看到清道车的同时,送话器中有了声音,一个悦耳的男声叽里咕噜说着什么,我辨出"奥尔基"的名字,听到话语中有明显的卷舌音,恍然大悟,忙喊道:"我不是奥尔基,我不会说俄语,请用汉语或英语说话!"

送话器中改成汉语:"欢迎你,地球来的客人。你是一位姑娘?"

"对,我的名字叫徐放。"

"徐放小姐,减压舱的外门已经打开,请进来吧!"

我小心地泊好摩托艇,钻到减压舱里。外门缓缓合拢,随着气压升高,内门缓缓打开。在离开空天飞机前,我曾好奇地问奥尔基:"那个独自一人终生待在太空轨道的老人是什么样子?他孤僻吗?性格古怪吗?"奥尔基笑着让我不要担心,说那是一个慈祥的老人,只是模样有点古怪,因为他40年没有理发剃须,他要尽量减少太空的遗留物。"一个可怜的老人。"奥尔基黯然说。

现在,这个老人已经站在减压舱口,他的须发几乎遮住了整个脸庞,只余下一双深陷的但十分明亮的眼睛。他十分羸瘦,枯干的皮肤紧裹着骨骼,让人无端想起那些辟食多日的印度瑜伽大师们。我一眼就看见他的双腿已经萎缩了,在他沿着舱室游飞时,两只细弱无力的仙鹤一样的腿一直拖在后面。但他的双手十分灵活,熟练地操纵着车内的小型吊车,吊下摩托艇上的小集装箱,把另一只集装箱吊上去。"这里面是我一年的生活垃圾和我捕捉的太空垃圾。"他对我说。

我帮着他把新集装箱吊进机舱，打开小集装箱的铁门。玛格丽特为丈夫准备了丰富的食品，那天午餐我们尽情享用着这些食品——不是我们，是我。这是我第一次在太空的微重力下进食，对那些管状的、流质的、奇形怪状的太空食品感到十分新鲜。说来好笑，我这位淑女竟成了一个地道的饕餮之徒。老人一直微笑着劝我多吃，把各种精美的食品堆在我面前。肚满肠圆后，我才注意到老人吃得很少，简直太少了，他只是象征性地往嘴里挤了半管流质食物。我问："李先生，你为什么不吃饭？"他说已经吃好了，我使劲摇摇头说："你几乎没吃东西嘛，哪能就吃好了？"老人真诚地说："真的吃好了。这20多年来我一直是这样，已经习惯了。我想尽量减少运送食品的次数。"

他说得很平淡，在他的下意识中，一定认为这是一件人人皆知的事实。但这句平淡的话立刻使我热泪盈眶！心中塞满又酸又苦的东西，堵得我难以喘息。他一定早已知道妻子找人捎送食物的艰难，20年来，他一直是在死亡的边缘处徘徊，用尽可能少的食物勉强维持生命的存在！

看着我大吃大嚼之后留下的一堆包装，我再也忍不住，眼泪刷刷地淌下来。李先生吃惊地问："怎么啦？孩子，你这是怎么啦？"我哽咽地说："我一个人吃了你半个月的食物。

我太不懂事了！"

　　李先生爽朗地笑起来，我真不敢相信这个羸瘦的老人会笑得这么响亮："傻丫头，傻姑娘，看你说的傻话。你是难得一见的远方贵客，我能让你饿着肚子离开吗？"

　　吃第二餐时，我固执地拒绝吃任何食物："除非你和我吃同样多。"老人没办法，只好陪我一块吃，我这才破涕为笑。我像哄小孩一样劝慰他："不用担心，李先生，我回去之后就想办法，给你按时送来足够的食物。告诉你一个秘密，是我从不示人的秘密，我有一个有钱有势的爸爸，而且对我的要求百依百从。我拒绝了他给我的财产，甚至拒绝了他的名声，想像普通人那样独立地生活。但这回我要去麻烦他啦！"

　　老人很感动，也没有拒绝，他真诚地说："谢谢你，我和我妻子都谢谢你。但你千万不要送太多的东西，还像过去那样，一年送一次就够了，我真的已经习惯了。另外，"他迟疑地说，"如果这件事在进行中有困难，就不要勉强了。"

　　我一挥手："这你就不用管了！"

　　此后的两天里，我时时都能感受到他生活的清苦，即使在他爽朗地大笑时，我也能品出苦涩的余味。这种苦味感染了我，使我从一个任性淘气的小女孩在一日之内成人了。我像久未归家的女儿那样照顾他，帮他准备饭食，帮他整理卫生。为了不刺伤他的自尊心，我尽可能委婉地问他，为什么会落到如此窘迫的地步。李先生告诉我,他的太空清道夫工作完全是私人性质的,这辆造价昂贵的太空清道车也是私人出资建造的。"如果冷静地评价历史,我承认那时的决定太匆忙,太冲动,我和妻子都没有很好地宣传,就把这件事变成了公共的事业,完全是个人奋斗。妻子从英国的父母那儿继承了一笔相当丰厚的遗产,但我上天后她已经一文不名——不过,我们都没有后悔。"

说这些话时,他的神态很平静,但两眼炯炯放光,一种圣洁的光辉漫溢于脸上。我的心隐隐作痛,赶紧低下头,不让他看见我的怜悯。第三天收到了母船发来的信号,我穿上太空服,在减压舱口与老人拥别:"老人家,千万不要再这样自苦了,三个月后我就会为你送来新的食品,如果那时你没把旧食物吃完,我一定会生气的,我一定不再理你了!"

那时我没有意识到,我这些幼稚的话,就像一个七八岁的女孩在扮演小母亲。老人慈爱地笑了,再次与我拥别,并郑重交代我代他向索罗船长和奥尔基先生致谢:"他们都是好人,为我惹了不少麻烦。我难以表达对他们的感激之情。"

太空摩托艇离开清道车,我回头张望,透过摩托艇橘黄色的尾光,我看见那辆造型丑陋的太空清道车孤零零地行进在轨道上,越来越小,很快隐没于暗淡的天幕。再往前看,X-33B已经在天际闪亮。

奥尔基帮我脱下太空衣，来到指挥舱。索罗船长的嘴角仍挂着揶揄的微笑，他一定在嘲笑：徐小姐，你把那具十字架背到身上了吗？我微笑着一直没有开口。我觉得自己已经受到李先生的感化，有些东西必须在沉默中才更有力量。

一个月后，我驱车来到李先生的家，他家在北京近郊的一个山脚下，院子十分宽敞，低矮的篱笆参差不齐，是一个典型的中国式的农家院落。只有院中一些小角落里偶然露出一些西方人的情调，像凉台上悬挂的白色木条凉椅、院中的鸽楼、在地上静静啄食的鸽群……玛格丽特热情地接待了我。在中国生活40年，她已经相当中国化了，如果不是银发中微露的金色发丝和一双蓝色的眼睛，我会把她当成一个地道的中国老太太。看着她，我不禁感慨中国社会强大的同化力。

40年的贫穷在她身上留下了明显的印记，她身体瘦弱，容貌憔悴，但她的拥抱却十分有力。"谢谢你，真诚地感谢你。我已经和太炎通过电话，他让我转达对你的谢意。"

我故意嘟着嘴说："谢什么？我一个人吃了他一个月的口粮。"

玛格丽特笑了："那么我再次谢谢你，为了你这么喜欢我准备的食品。"

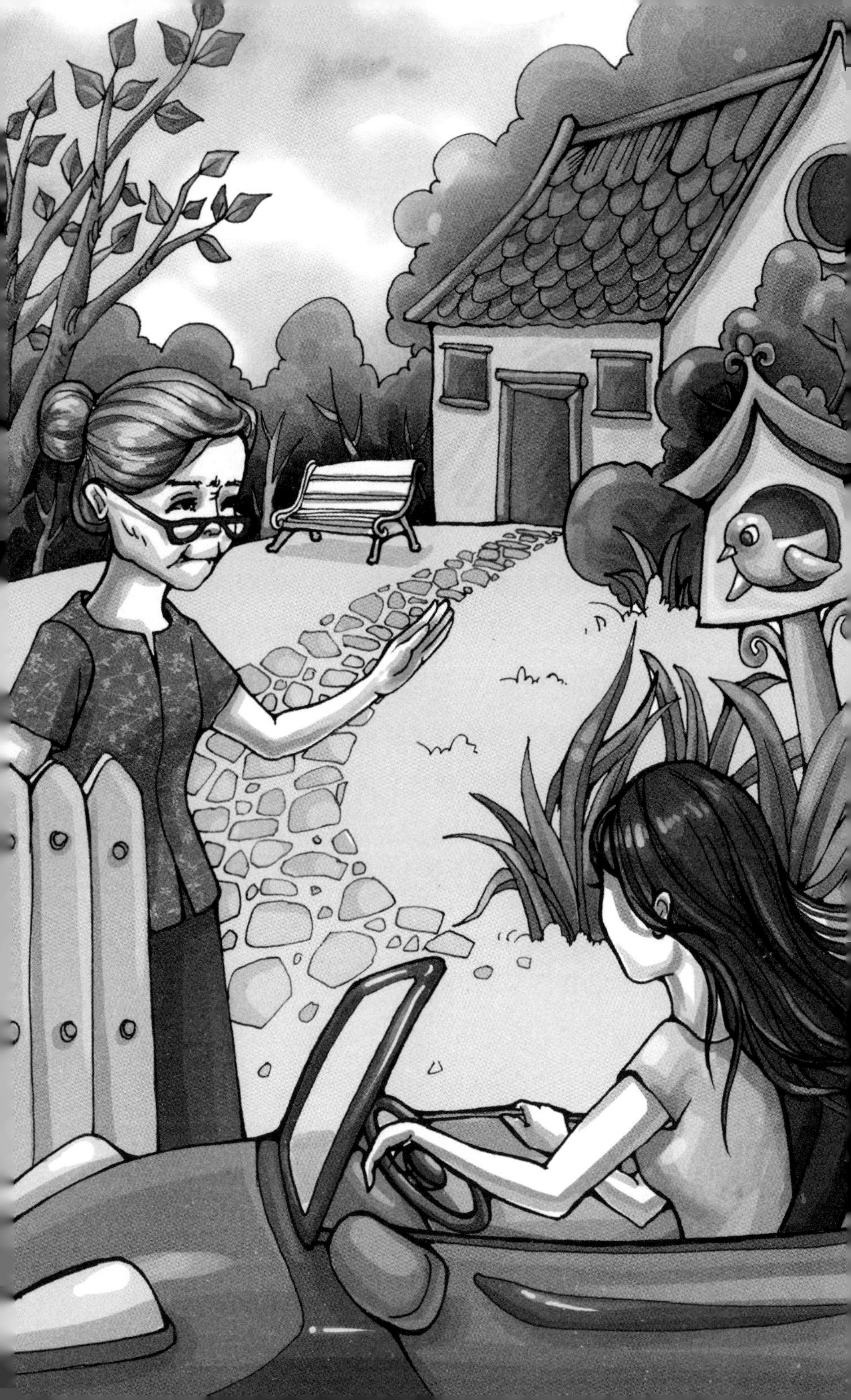

我告诉玛格丽特，我已经联系好下一次的"顺车"，是3个月后往月球的一次例行运输，请她事先把要送的东西准备好。"如果你在经济上有困难的话"，我小心地说，希望不会刺伤她的自尊心，从她家中的陈设看，她的生活一定相当窘迫，"要送的物品我也可以提供一些帮助，你只用列一个清单就行了。"

玛格丽特笑着摆手："不，不，谢谢你的慷慨，不过确实用不着，你能为我们解决运输问题，我已经很感激了。"

那天，我在她家中吃了午饭，饭菜很丰盛，既有中国的煎炸烹炒，又有英国式的甜点。饭后，玛格丽特拿出十几本影集让我观看。在一本合影上，两人都戴着博士方帽，玛格丽特正当青春年华，美貌逼人，李先生则多少有些拘谨和少年老成。玛格丽特说："我们是在北大读文学博士时认识的，他那时就相当内向，不善言谈。你知道吗？他的父亲是一个清道夫，就在北大附近的大街上清扫，家庭条件比较窘迫，恐怕这对他的性格不无影响。在同学的交往中，他会默默地记住别人对他的点滴恩惠，认真到迂腐的地步。你知道，这与我的性格并不相合。但不知道为什么，我不知不觉地开始和他的交往，直到成为恋人。他有一种清教徒般的道德光辉，可能是这一点逐渐感化了我。"

我好奇地问："究竟是什么契机，使你们选择了共同的生活和共同的终生事业？"

玛格丽特从文件簿中翻出两张发黄的报纸，她轻轻抚摸着，沉湎于往事。良久她才回答我的问话：

"说来很奇怪，我们选择了一个终生的事业，也从没有丝毫后悔，但我们却是在一时冲动下做出的决定，是很轻率的。你看这两张剪报。"

我接过两份剪报，一份是英文的，另一份是中文的，标题都相同："太空垃圾威胁人类安全"。文中写道：

最近几十年来，人们不仅把地球弄得肮脏不堪，而且在宇宙中也有3000吨垃圾在飞，到2010年，垃圾会增加到1万吨。仅直径10厘米的碎块就会有7500吨，其中一些我们用望远镜就能看到。

考虑到这些碎块在地球轨道上的速度，甚至直径仅为1厘米的小铁块都能给宇宙飞船带来巨大的灾难。飘荡在地球上空的核动力装置具有特别的危险性。到下个世纪，轨道上将有上百个核装置，其中含有1吨多的放射性物质。这些放射性物质总有一天会掉到人们的头上，就像1978年前苏联的"宇宙-954"掉在加拿大北部那样。

科学家提出，用所谓的"宇宙扫雷舰"即携带激光大炮的专门卫星来消灭宇宙中最具危险性的放射性残块。

但这项研究也遭到了强有力的反对，怀疑者认为，在环地球空间使用强力激光会导致这个空间发生不可逆的化学变化，引起空间变暖。

我们已经在地球上进行了许多破坏性的工作，今天它已在对我们进行报复：肮脏的用水、不断扩大的沙漠、被污染的空气等。太空何时开始它的报复？可以肯定的是，这种报复比起地球的报复要厉害得多。

玛格丽特说："那天，太炎带着这张报纸到我的研究生宿舍，我从来没见他这样激动过。他喃喃地说，人类是宇宙的不肖子孙，人类发展到现在，已经成了急功近利的技术动物。我们污染了河流，破坏了草场，污染了南北极，现在又去糟蹋太空。我们应该站出来大声疾呼，不要再戕害地球母亲和宇宙母亲。我说：人类已开始认识到这一点了，世界范围内的环境保护运动已经蓬蓬勃勃，即使在中国这样的发展中国家，也逐渐树立了环保意识。但太炎说的一番话使我有如遭锥刺，那是一种极为尖锐的痛觉。"

我奇怪地问："他说什么？"

"他说，这不够，远远不够。人类有了环保意识是一个进步，但坦率地说，这种意识仍是建立在功利主义基础上的——我们要保护环境，这样才能更多地向环境索取。不，我们对大自然必须有一份赤子之爱，有一种对上帝的敬畏才行。"

这番话使我很茫然，可能我在下意识地摇头，玛格丽特看看我，微笑着说："当时我也不理解这些话，甚至奇怪在宗教气息淡薄的中国，他怎么会有这种宗教般的虔诚？后来，我曾随他到他的家乡小住，亲眼看见了两件事，才理解他这番话的含义。"

她在叙述中常沉湎于回忆，我那时已听得入迷，孩子气地央求："哪两件事？你快说嘛！"

玛格丽特娓娓说道："离他家不远，有一个年近60、靠拾破烂为生的老妇人。十几年来，她一共捡到12名残疾弃儿，全带回家中养起来。新闻媒体报道之后，我和太炎特意去看过。那是怎样一种凄惨的情形呀！看惯北京的高楼大厦，我想不到还有如此赤贫的家庭。12名弃儿大多在智力上有残疾，他们简直像一群肮脏的猪崽，在这个猪窝一样的家里滚来爬去。那时我确实想，如果放任这些痴傻的弃儿死去，也许对社会、对他们自己，都未尝不是件好事。太炎特意去问那个鲁钝的农村妇女，她为什么要把这么多非亲非故的弃儿都领养起来。那位老妇在极度的赤贫和劳累中已经麻木了，低着头，表情死板，嗫嚅着说，她也很后悔的，这些年全靠邻居们你帮一把、他给两口，才强勉没让这些娃儿们饿死，日子真难哪！可是，只要听见垃圾箱里有婴儿在哭，她还是忍不住要捡回来，也是女人的天性吧！"玛格丽特叹息道，"我听过多少豪壮的话，睿智的话，但都比不上这句话对我的震撼。我们悄悄留了一笔钱走了，但这位'有女人天性'的伟大女性始终留在我的记忆中。"

她停下来，很久不说话，我催促道："另一件事呢？"

"也是在他家附近。一个男人在50岁时突然决定上山植树，于是一个人搬到荒山上，一去就是20年。在他71岁时，新闻媒体才发现了他，把他树为绿化的典型。我和太炎也采访过他，问他是什么力量支持他独居山中20年，没有一分钱的酬劳。那人皮肤粗糙，满手老茧，整个人就像一株树皮皴裂的老树，但目光中是知识分子的睿智。他淡淡地说：可以说是一种迷信吧！老辈人说，这座山是神山，山上的一草一木、走兽飞虫都不敢动的，动了就要遭报应。祖祖辈辈都相信，都怀着敬畏，这儿也真的风调雨顺。后来，我们破除了迷信，对这些传说嗤之以鼻，砍光满山的古树——也真的遭了报应。痛定之后我就想，人类真的已经如此强大，可以伤天害理并且不怕报应吗？当然，所谓神山，所谓现世报，确实是一种浅薄的迷信。但当时谁能料到，这种迷信恰好暗合了我们今天才认识到的环保理论？在我们嗤笑先人的迷信时，后人会不会嗤笑我们的幼稚狂妄、上帝会不会嗤笑我们的不自量力呢？我想，我们还是对大自然保留一份敬畏为好。当年砍树时我造了孽，那就让我用种树当作忏悔吧！"

玛格丽特说："我生长在一个天主教家庭，过去对没有宗教信仰的中国人多少有点偏见、有点异己感，但这两次采访后我发现了中国社会中的'宗教'，那是延续了5000年、弥漫无形的人文思想和伦理观念。太炎在这两次采访后常陷入沉思，喃喃地说他要为地球母亲尽一份孝心。"她笑道，"说来很简单，在那之后，我们就结婚了，也确立了一生的志愿：当太空清道夫，实实在在为地球母亲做一点回报。我们想办法建造了那辆清道车，太炎乘坐那辆车飞上太空，从此再没有回来。"

她说得很平淡，但我却听得热泪盈眶。我说："我已经知道，正是你倾尽自己的遗产，为李太炎先生建造这辆太空清道车，此后你一贫如洗，不得不迁居到这个小山村。在新闻热过后，国际社会把你们彻底遗忘了，你不得不独力承担太空车的后勤保障，还得应付世界政府轨道管理局明里暗里的刁难。玛格丽特，社会对你们太不公平了！"

玛格丽特淡淡地说："轨道管理局本来要建造两艘太空扫雷艇，因为有了清道车的先例，国际绿色组织全力反对，说用激光清除垃圾会造成新的污染，扫雷艇计划因而一直未能实施。轨道管理局争辩说，单是为清道车送给养的摩托艇所造成的化学污染，累积起来已经超过激光炮所造成的污染了！也许他们说得不无道理。"她叹息道，"可惜建造这辆车时没有考虑食物再生装置，这是我最大的遗憾。"

我在她的平淡下听出苦涩，便安慰道："不管他们，以后由我去和管理局的老爷们打交道——对了，我有一个主意，下次送给养时，我代替李先生值班，让他回到地球同你团聚三个月。对，就这样干！"

我为自己想到这样一个好主意而眉飞色舞，玛格丽特略带惊异地看看我，苦涩地说："原来你还不知道……他已经不能回到地球了！我说过，这件事基本上是私人性质的，由于缺乏经验，他没有经过系统的训练，没有医生的指导，太空停留的时间太长，这些加起来，对他的身体造成了不可逆的伤害。你可能已经看到他的两腿萎缩了，实际更要命的是，他的心脏也萎缩了，已经不能适应有重力的生活了！"

我觉得一盆冰水劈头浇下来……只有这时我才知道，这对夫妇的一生是怎样的悲剧。他们就像中国神话中的牛郎织女。我呆呆地看着她，泪水开了闸似地汹涌流淌。玛格丽特手足无措地说："孩子，不要这样！不要哭……我们过得很幸福，很满足，是真的！不信，你来看。"

她拉我来到后院。在一片茵茵绿草之中，有一座不算太高的假山，近前看，原来是一座垃圾山，堆放的全是从太空

中回收的垃圾,各种各样的铝合金制品、钛合金制品、性质优异的塑料制品,堆放多年之后仍然闪亮如新。玛格丽特欣喜地说:

"看吧,全是40年来太炎从太空中捡回来的。我仔细统计过,截至今天有13597件,共计1298吨。要是这些东西还在太空横冲直撞,会造成多大损坏?所以,你真的不必为我们难过,我们两人以自己的微薄之力为地球母亲尽了孝,一生是很充实的,一点都不后悔!"

我慢慢安静下来,真的,在这座垃圾山前,我的心灵被彻底净化了,我也像玛格丽特一样,感到心灵的恬静。回到屋里,我劝玛格丽特:"既然李先生不能回来,你愿意到太空中去看看他吗?我能为你安排的。这并不是太困难的事情。"

玛格丽特凄然一笑:"很遗憾早几年没碰到你,现在恐怕不行了,我的身体已经太差,不能承受太空旅行,我想尽量多活几年以便照顾太炎。不过,我仍然要感谢你,你是一个心地慈善的好姑娘。"她拉着我的手说:"如果我走到他前边,你能不能替我照顾他呢?"

我从她的话语中听出了不祥,忍住泪说:"你放心吧,我一定记着你的托付。"也许那时我已经在下意识中做出自己的人生抉择,我调皮地说:"可是,我该怎么称呼你呢?我既不想称你李奶奶,也不想叫你阿姨。请你原谅,我能唤你一声麦琪姐姐吗?"

玛格丽特可能没有猜中我的小心眼,她慈爱地说:"好的,我很喜欢能有这样一个小妹妹。"

四个月后,我再次来到李先生的太空清道车上。这次业务是我争取来的,索罗船长也清楚这一点。他不再说怪话,也多少有些难为情,张罗着把太空摩托艇安置好,脸红红地说:"请代我向李先生致意,说心里话,我一直都很敬佩他。"

我这才向他转达上次李先生对他的致意。我笑道:"船长,我知道你是一个好人,天下最好的好人,这是上次李先生告诉我的。"索罗难为情地挥挥手。

当我在广袤的太空背景下用肉眼看见那辆清道车时,心里甜丝丝的,有一种归家的感觉。李先生急不可耐地在减压舱门口迎接我:"欢迎你,可爱的小丫头。"

在那之前我同他多次通话,已经非常熟稔了。我故意嘟着嘴说:"不许喊我小丫头,玛格丽特姐姐已经认我作妹妹,你也要这样称呼我。"

李先生朗声大笑:"好,好,有这样一个年轻漂亮的小妹妹,我会觉得年轻的!"

我刚脱下太空服,就听见响亮的警报声。李先生立即说:"又一块太空垃圾!你先休息,我去捕捉它。"

在那一瞬间，他好像换了一个人，精神抖擞，目光发亮，动作敏捷。电脑屏幕上打出这块太空垃圾的参数：尺寸230毫米×54毫米，估重2.2千克，速度8.2公里每秒，轨道偏斜12度。然后电脑自动调整方向，太空车开始加速。李先生全神贯注地盯着屏幕，回头简单解释说："我们的清道车使用太阳能作能源，交变磁场驱动，对环境是绝对无污染的。这在40年前是最先进的技术，即使到今天也不算落后。"他的语气中充满自豪。

我趴在他身后，紧紧地盯着屏幕。现在离这块卫星碎片只有两公里的距离了。李先生按动一个电钮，两只长长的机械手刷刷地伸出去，他把双手套在机内的传感手套上，于是两只机械手就精确地模拟他的动作。马上就要与碎片相遇了，李先生虚握两拳凝神而立，就像虚掌待敌的武学大师。

我在他的身后不敢喘气。虽然清道车已经尽量与碎片同步，但它掠过头顶时仍如一个流星，我几乎难以看清它。就在这一瞬间，李先生疾如闪电地一伸手，两只机械手一下子抓住那块碎片，然后慢慢缩回来。它们的动作如此敏捷，我的肉眼根本分辨不出机械手指的张合。

我看得目醉神迷。他的动作优雅娴熟，巨大的机械手臂已经成了他身体的外延，使用起来是如此得心应手。我眼前的李先生不再是双腿萎缩、干瘪瘦小的垂垂老人，而是一只

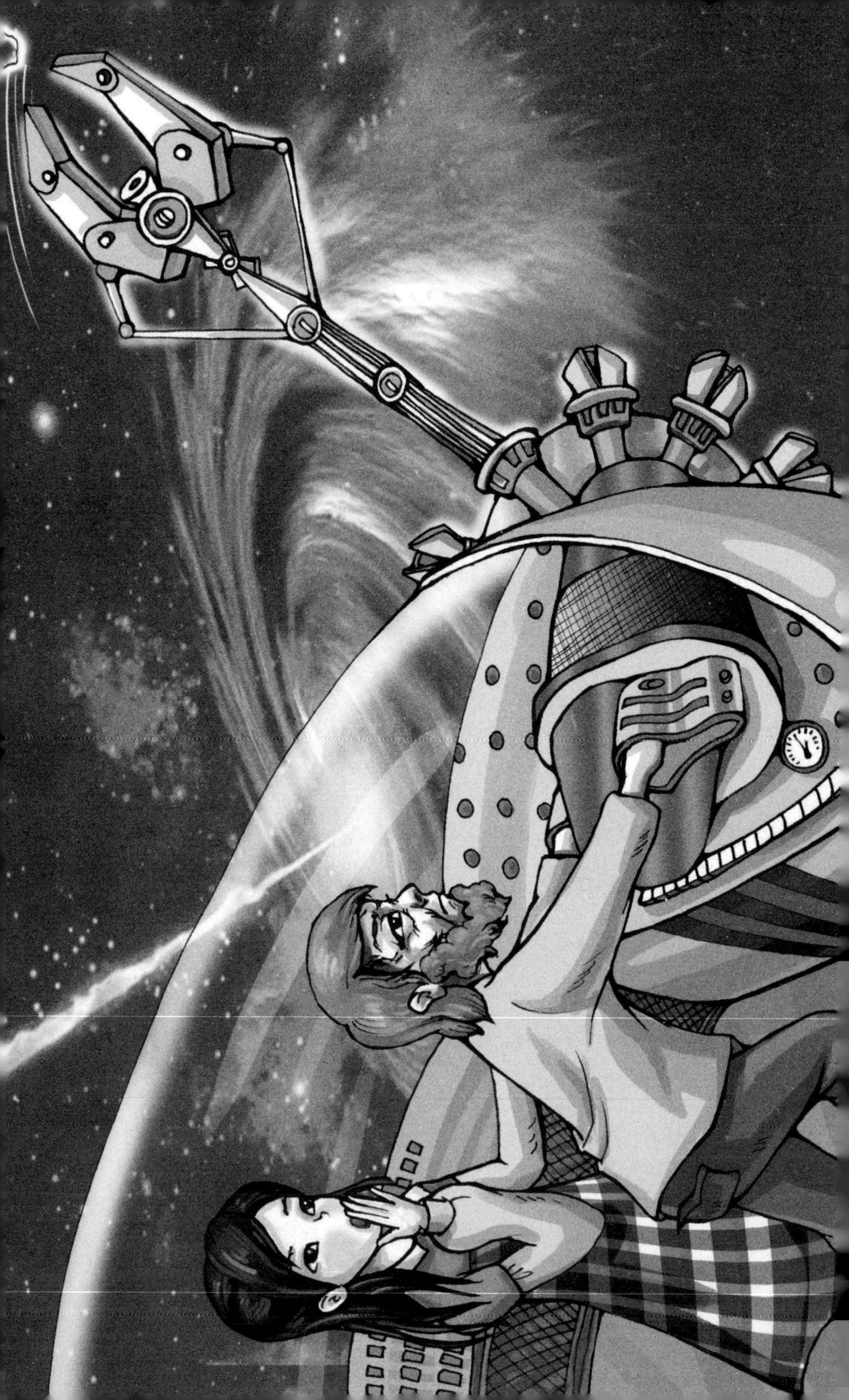

颈毛怒张的敏捷的雄狮,是一个有通天彻地之能的宇宙巨人。多日来,我对他是怜悯多于尊敬,但这时我的内心已被敬畏和崇拜所充溢。

机械手缩回机舱内,捧着一块用记忆合金制造的卫星天线残片。先生喜悦地接过来,说:"这是我的第13603件战利品,算是我送给麦琪的生日礼物吧!"

他仍是那样瘦弱,衰老的面容藏在长发长须里。但我再也不会用过去的眼光看他了。我知道盲人常有特别敏锐的听觉和触觉,那是他们把自己被禁锢的生命力从这些孔口迸射出来。我仰视着这个双腿和心脏萎缩的老人,这个依靠些微食物维持生命的老人,他把自己的生命力点点滴滴地节约下来,储存起来,当他做出石破天惊的一抓时,他那被浓缩的生命力在一瞬间做了何等灿烂的迸射!

面对我专注的目光,李先生略带惊讶地问:"你在想什么?"我这才从冥思中清醒过来,没来由地羞红了脸,忙把话题岔开。我问,今天是玛格丽特姐姐的生日吗?老人点点头:

"严格说是明天。再过半个小时我们就要经过日期变更线,到那会儿我给她打一个电话祝贺生日。"他感叹地说,"这一生她为我吃了不少苦,我真的感激她!"

之后他就沉默了,我屏声静息,不敢打扰他对妻子的怀念。等到过了日期变更线,他挂通家里的电话。电话铃一遍又一遍地响着，却一直没人接。老人十分担心，喃喃地重复着："现在是北京时间早上6点，按说这会儿她应该在家呀！"

我尽力劝慰，但心中也有抹不去的担心。直到我快离开清道车时才得到确实的消息：玛格丽特因病住院了。在离开太空清道车前，我尽力安慰老人："你不用担心，我一回地球马上就去看她。我要让爸爸为她请最好的医生，我会每天守在她身边——即使你回去，也不会有我照顾得好。你放心吧！"

"谢谢你了，心地善良的好姑娘。"

回到X-33B，索罗船长一眼就看见我红红的眼睛，他关切地问："怎么啦？"我坐上自己的座椅，低声说："玛格丽特住院了，病一定很重。"索罗和奥尔基安慰了我几句，回过头驾驶。过了一会儿，船长忽然没头没脑地骂了一句："这些混蛋！"

我和奥尔基奇怪地看看他。他沉默很久才说："听说轨道管理局的老爷们要对太空清道车实行强制报废。理由是它服役期太长，万一在轨道上彻底损坏，又要造成一大堆太空垃圾。客观地说，他们的话不无道理，不过……"

他摇摇头，不再说话。

回到地球，我不折不扣地履行了对老人的承诺，但医生们终究未能留住玛格丽特的生命。

弥留的最后两天,她一定要回到自己的家。她婉言送走了所有的医护,仅留我一人陪伴。在死神降临前的回光返照中,她的目光十分明亮,面容上蒙着恬静圣洁的柔光。她用瘦骨嶙峋的手轻抚我的手背,两眼一直看着窗外的垃圾山,轻声说:"这一生我没有什么遗憾,我和太炎尽自己的力量回报了地球母亲和宇宙母亲。只是……"

那时我已经做出了自己的人生抉择,我柔声说:"麦琪姐姐,你放心走吧,我会代你照顾太炎先生的,直到他百年。请你相信我的承诺。"

她紧紧握住我的手,挣扎着想坐起来。我急忙把她按下去,她喘息着,目光十分复杂,我想她一定是既欣慰,又不忍心把这副担子砸在我的肩上。我再一次坚决地说:"你不用担心,我一旦下了决心就不会更改。"

她喃喃地说:"难为你了啊!"

她紧握住我的手,安详地睡去,慢慢地,她的手指失去了握力。我悄悄抽出手,用白色的布单盖住她的脸。

第三天,她的遗体火化已毕,我立即登上去休斯敦的飞机,那儿是轨道管理局的所在地。

秘书小姐涂着淡色的唇膏,长长的指甲上涂着银色的蔻丹,她亲切地微笑着说:

"女士,你和局长阁下有预约吗?请你留下姓名和住址,我安排好时间会通知你的。"

我笑嘻嘻地说:"麻烦你现在就给老邦克打一个电话,就说小丫头徐放想见他。也许他正好有闲暇呢!"

秘书抬眼看看我,拿起内线电话机低声说了几句。她很快放下话筒,笑容更亲切了:"徐小姐请,局长在等你。"

邦克局长在门口迎候我,慈爱地吻吻我的额头:"欢迎,我的小百灵,你怎么想起了老邦克?"

我笑着坐在他面前的转椅上:"邦克叔叔,我今天可是来兴师问罪哩!"

他坐到转椅上,笑着把面前的文件推开,表示在认真听我的话:"说吧,我在这儿恭候——是不是李太炎先生的事?"

我惊奇地看看他,直率地说:"对。听说你们要强制报废他的太空清道车?"

邦克叔叔耐心地说:"一点儿不错。李太炎先生是一个虔诚的环境保护主义者,是一个苦行僧式的人物,我们都很尊敬他。但他使用的方法未免太陈旧。我们早就计划建造1～2艘太空扫雷舰,效率至少是那辆清道车的20倍。只要有两艘扫雷舰,两年之内,环地球空间不会再有任何垃圾了。但是你知道,绿色组织以那辆清道车为由,搁浅了这个计划。这些只会吵吵嚷嚷的蠢不可及的外行!他们一直叫嚷扫雷舰的激光炮会造成新的污染,这种指责实际上并没有多少科学根据。再说,那辆清道车已经投入运行近40年,太陈旧了,一旦彻底损坏,又将变成近百吨的太空垃圾。还有李太炎先生本人呢!我们同样要为他负责,不能让他在这辆危险的清道车上待下去了。"

我抢过话头:"这正是问题所在。在40年的太空生活之后,李先生的心脏已经衰退,已经不能适应有重力的生活!"

邦克叔叔大笑起来:"不要说这些孩子话,太空医学发展到今天,难道还能对此束手无策?我们早已做了详尽的准备,如果医学无能为力,我们就为他建造一个模拟太空的无重力舱。放心吧,孩子!"

来此之前,我从索罗船长和其他人那儿听到过一些闲言碎语,窝着一肚子火来找老邦克干架。但听了他合情入理的解释,我又欣慰又害羞地笑了。邦克叔叔托我劝劝李先生,不要太固执己见,希望他快点回到地球,过一个温馨的晚年。"他能听你的劝告吗?"他笑着问。我自豪地说:"绝无问题!他一定会听从我的劝告。"

下了飞机,我没有在北京停留,租了一辆车便直奔玉泉山,那里有爸爸的别墅。我想请爸爸帮我拿个主意,把李先生的晚年安排得更妥当一些。妈妈对我的回家真可说是惊喜交加,抱着我不住嘴地埋怨,说我心太狠,四个月都没有回家了:"人家说嫁出去的闺女泼出去的水,你还没嫁呢,就不知道往家里流了!"爸爸穿着休闲装,叼着烟斗,站在旁边只是笑。等妈妈的母爱之雨下够一个阵次,他才拉着我坐到沙发上:"来,让我看看宝贝女儿长大了没有。"

我亲亲热热地偎在爸爸怀里。我曾在书上读过一句刻薄话,说人的正直与财富成反比。也许这句愤世之语不无道理,但至少在我爸身上,这条定律是不成立的。我自小就钦服爸爸的正直仁爱,心里有什么话也从不瞒他。我唧唧呱呱地讲了我的休斯敦之行,讲了我对李太炎先生的敬慕。我问他,对李先生这样的病人,太空医学是否有绝对的把握?爸爸的回答在我心中留下阴影,他说他知道有关太空清道车报废的消息,恰巧昨天太空署的一位朋友来访,他还问到这件事,"那位朋友正是太空医学的专家,他说只能尽力而为,把握不是太大,因为李先生在太空的时间太长了,40年啊,还从未有过先例。"

我的心开始下沉,勉强笑道:"不要紧,医生无能为力的话,他们还准备为李先生特意造一间无重力室呢。"

爸爸看看我,平静地问:"是否已经开始建造?——太空清道车强制退役的工作下周就要实施了。"

我被一下子击懵了,目光痴呆地瞪着爸爸,又目光痴呆地离开他。回到自己的卧室,我立即给航天界的所有朋友拨电话,他们都证实了爸爸的话:那项计划下周就要实施,但没有听说建造无重力室的消息或计划。

索罗说:"不可能吧,一间无重力室造价不菲,管理局的老爷们会为一个垂暮老人花这笔钱?"

我总算从梦中醒过来了。邦克叔叔唯一放在心上的,是让这个惹人讨厌的老家伙从太空中撤下来,他们当然会为他请医生,为他治疗——假若医学无能为力,那不是他们的本意。他们也曾计划为受人爱戴的李先生建造一间无重力室,只可惜进度稍慢了一点儿。一个风烛残年的垂垂老人嘛,有一点意外,人们是可以理解的。

我揩干眼泪,在心底为自己的幼稚冷笑。在这一瞬间,我做出人生的最后抉择,或者说,在人生的天平上,我把最后一颗小小的砝码放到了这一边。我起身去找父亲,在书房门外,我听见他正在打电话,从听到的片言只语中,他显然是在同邦克通话,而邦克局长也承认了(至少是含糊地承认了)我刚刚明白的事实。爸爸正在劝说,但显然他的影响力这次未能奏效。我推门进去时,爸爸正好放下听筒,表情阴郁。我高高兴兴地说:

"爸爸,不必和老邦克磨牙了,我已经做出自己的决定。"

我唤来妈妈,在他们的震惊中平静地宣布,我要同太炎先生结婚,代玛格丽特照顾他直到百年。我要伴他到小行星带,找一个合适的小行星,在那儿生活。希望爸爸把他的私人空天飞机送给我，这是我唯一想得到的遗产。父母的反应是可想而知了，在整整三天的哭泣、怒骂和悲伤中，我一直平静地重复着自己的决定。最后，睿智的爸爸首先认识到不可更改的结局，他叹息着对妈妈说：

"不必再劝了，随女儿的心意吧！你要想开一点，什么是人生的幸福？我想不是金钱豪富，不是名誉地位，是了自己的心愿，织出心灵的恬静。既然女儿主意已定，咱们何必干涉呢？"他语重心长地对我说："放儿，我们答应你，也请你许诺一件事。等太炎先生百年之后，等你生出回家的念头，你要立即告诉我们，不要赌气，不要爱面子，你能答应吗？"

"我答应。"我感动地扑入父母的怀抱，三人的热泪流淌在一起。

爸爸出面让轨道管理局推迟了那个计划的实施时间。三个月后，索罗驾驶着他的 X-33B，奥尔基和我驾驶着爸爸的 X-33L，一同来到李先生身边，告诉他，我们不得不执行轨道管理局的命令。李先生已经有了思想准备，只是悲伤地叹息着，看着我们拆掉清道车的外围部件，连同本体拖入X-33B 的大货舱，他自己则随我来到另一艘飞船。然后，在我的飞船里，我微笑着说了我的安排，让他看了我在地球上办好的结婚证。李先生在极度震惊之后是勃然大怒：

"胡闹！你这个女孩实在胡闹！"

他在激怒中气喘吁吁，脸庞涨红。我忙扶住他，真情地说："太炎先生，让我留在你的身边吧，这是我对玛格丽特姐姐答应过的诺言啊！"

在索罗和奥尔基的反复劝说下，在我的眼泪中，他总算答应我"暂时"留在他身边。但他却执意写了一封措辞坚决的信件，托索罗带回地球。信中宣布，这桩婚姻没有征得他的同意，又是在他缺席的情况下办理的手续，因而是无效的。索罗船长询问地看看我，我点点头："就照太炎先生的吩咐办吧，我并不在乎什么名分。"

我们的飞船率先点火启程，驶往小行星带。索罗和奥尔基穿着太空服飘飞在太空，向飞船用力挥手。透过面罩，我看见那两个刚强的汉子都泪流满面。

"我就这样来到了小行星带，陪伴太炎先生度过他最后的两年。"徐放娓娓地说，她的面容很平静，没有悲伤。她笑着说："我曾以为，小行星带一定熙熙攘攘的尽是飞速奔跑的小石头，不知道原来这样空旷寂寥。这是我们见到的第一颗小行星，至今我还不知道它的编号哩！我们把飞船锚系在上面，便开始我们的隐居生活。太炎先生晚年的心境很平静，很旷逸——但他从不承认我是他的妻子，而是一直把我当作他的爱女。他常轻轻捋着我的头发,讲述他一生的风风雨雨。也常望着地球的方向出神,回忆在太空清道车上的日日夜夜。他念念不忘的是,这一生他没能把环地球空间的垃圾清除干净,这是他唯一的遗憾。我精心照顾着他的饮食起居,这次我在 X-33L 上可没忘记装食物再生机,不过先生仍然吃得很少,他的身体也日渐衰弱。我总在想,他的灵魂一半留在地球轨道上,一半已随玛格丽特进了天国。这使我不免懊丧,也对他更加钦敬。这样直到两年后的一天,李先生突然失踪了。"

那对入迷的年轻人低声惊呼道:"失踪?"

"对。那天,我刚为他庆祝了 75 岁生日。第二天应是玛格丽特去世两周年的忌日。一觉醒来,他已经不见了,电子记录簿上写着:我的路已经走完。永别了,天使般的姑娘,快回到你的父母身边去吧!我哭着奔向减压舱,发现外舱门仍开着,他一定是从这儿回到了宇宙母亲的怀里。"

苏月止不住猛烈地啜泣着,徐放把她揽到怀里说:"不要这样,悲伤哭泣不是他的希望。我知道,太炎先生这样做,是为了让我早日回到人类社会中去。但我至今没有回地球,我在那时突然萌生一个志愿:要把两个平凡人的伟大形象留在宇宙中。于是,我就开始在这颗行星上雕刻,迄今已经 15 年了。"

在两个年轻人的恳请下,他们乘摩托艇再次观看了雕像。太炎先生仍在神情专注地扫地,在太空永恒的静谧中,似乎

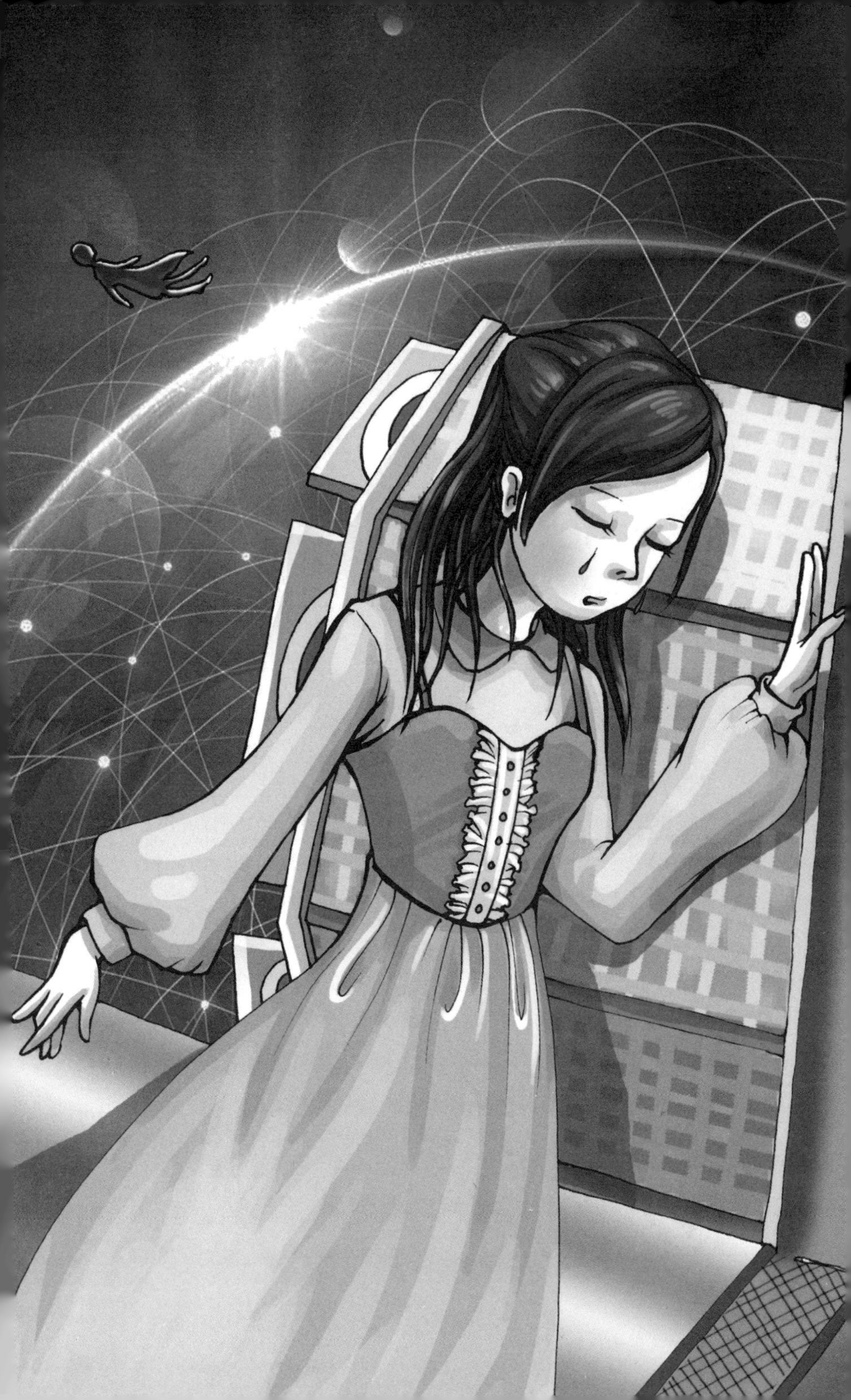

能听见这对布衣夫妇的低声絮语。徐放轻声笑道:"告诉你们,这可不是我最初的构思。那时我总忘不了太炎先生用手抓流星的雄姿,很想把他雕成太空超人之类的英雄。但我最终雕成现在这个样子,我想这种平凡更符合太炎夫妇的人格。"

那对年轻夫妇很感动,怀着庄严的心情瞻仰着。回到飞船后,苏月委婉地说:

"徐阿姨,对这组雕像我只有一点小小的意见:你应从那株树后走出来,我发现你和玛格丽特奶奶长得太像了!你们两人身上都有圣母般的高贵气质。"

很奇怪,听了这句话后,杜士彬突然之间也有了这种感觉,而且越来越强烈。实际上,她们一人是金发深目,一人是黑发圆脸,两人的面貌根本不像。徐放摆摆手,开心地笑起来。她告诉二人,这幅画很快就要收笔了,那时她将告别两位老人,回到父母身边去:"他们都老了,急切地盼着见我,我也一样,已经归心似箭了!"

苏月高兴地说:"徐阿姨,你回去时一定要通知我,我们到太空站接你!"杜士彬也兴奋地说:"我要赶到这儿来接你!"徐放笑着答应。

他们收到了大飞船发来的信号,两位年轻人与她告别,乘太空摩托艇返回。当他们回头遥望时,看见那颗小行星上闪亮着绚丽的激光。

新安魂曲

1 夸父号飞船

"各位观众，现在是地球纪年 2083 年 12 月 15 日，北京时间早上 7 点 30 分，"中央电视台最著名的主持人叶知秋用富有磁力的男中音沉缓地解说着，"人类历史上最伟大的探险活动——环宇航行马上就要开始了。屏幕上这艘形状奇特的飞船就是将进行环宇航行的夸父号。"

叶知秋是在一艘新闻飞船上做报道的，现在镜头对准了地球同步轨道上的夸父号，它像一枚球果嵌在广袤的天幕上。镜头拉近，显示出夸父号的详细面貌。它的形状确实很奇特，

39

端部是一个直径 300 公里、用高强度钨晶须编织成的收集网，形状与手电筒的反光镜类似，它用来搜集太空中的游离氢原子，作为冲压式飞船的燃料。收集网后是一个巨大的球状容器，里面装着 1 万吨重水。它是飞船的屏蔽罩，因为对于近光速飞船来说，宇宙中到处都有的 3K 微波辐射会发生紫移，从而在行进前方形成对人有害的高能辐射。同时，重水又是飞船减速时——那当然是回程中的事了——所必需的能源，因为那时冲压式飞船收集氢燃料的能力要大大减弱。再往后是扁圆柱状的乘员舱，形状和棋子相近，乘员舱能绕中轴线旋转，以产生乘员们生活必需的 1g 重力。乘员舱外是一个异常巨大的圆环，那是太阳帆的桅杆，不过这会儿太阳帆还未张开。再往后就是尾喷管和侧喷管了。夸父号飞船是在同步轨道上组装的，也就是说，它不需要飞过大气层，因此不需要严格的流线型机身，这使它的外形看起来显得笨拙和粗糙。

叶知秋继续说："众所周知，这将是最悲壮的一次人类探险。50 年来，从夸父计划开始立项，到飞船投入制造，时刻牵动着 60 亿地球人的心。大部分人对计划的详情已十分了解，但我今天还想重复一下。夸父号飞船的使命是为了证实爱因斯坦的宇宙超圆体假说，这个假说认为宇宙是多维的，三维宇宙空间通过更高维数的折叠形成一个超圆体，如果我们在三维的宇宙中一直向外走，最终会通过超三维的空间而返回地球。"

"各种理论上的验证都倾向于承认超圆体假说,现在人类将对它进行实践上的验证。当然,这趟旅行是十分漫长的。目前人类可观测的宇宙已达 150 亿光年,沿超圆体运行一周的路程将不少于数百亿光年。即使飞船一直以光速行进,它回到地球也已经是数百亿年后了。那时,地球和太阳系肯定已不复存在,连宇宙本身也可能已经死亡,要知道,宇宙诞生至今也不过只有 150 亿年啊。"

全世界都在收看中国中央电视台的实况转播,全世界到处响着叶知秋苍凉深沉的声音。不少人热泪盈眶。

叶知秋是位老练的主持人,很快扭转了过于悲凉的气氛,笑着说:

"至于光速飞船上的乘员,按照相对论,他们的时间速率将大大减慢,因此,当他们返回这儿时,可能还不到 40 岁呢。我真羡慕他们,他们比天地更长寿!"他转回头指着夸父号继续介绍:

"夸父号在临时乘员组的操纵下,在同步轨道上已停留了 15 天,所有部件已组装完毕,所有设施和货物也都就位。现在它的巨大身躯旁有一艘服务飞船,夸父号正式乘员组就在服务飞船上。两艘飞船已开始对接,乘员组将登上夸父号飞船,然后它就要点火启程。"

41

服务飞船已开到夸父号的中部，缓缓伸出对接舱口，与夸父号的对接口密合，又打开密封门，建立起一条通道。趁这当儿，叶知秋向国外观众介绍了"夸父"这个名字的含义：

"夸父是中国神话中的一位英雄，一位失败的英雄，可能因为这个原因，神话中关于他的记载也很简短：'夸父逐日，道渴，北饮大泽，大泽不足，饮于河渭……遂死，弃杖于地，化为桃林。'"他提高嗓音说："失败的夸父一直是华夏民族探索精神的象征。把这艘飞船命名为夸父号，表达了乘员们视死如归的精神，但我们希望他们能平安归来！"

小小的服务飞船内其实十分宽敞，近百名人类代表在为英雄们送行。这儿有中国国家主席的代表，联合国秘书长的代表，各国驻华使节，还有乘员的家属。服务飞船内鸦雀无声，在这个时刻，什么话语都嫌分量太轻。他们默默地看着通道尽头。

第一位乘员在甬道口出现了。没有穿太空服，是一位十几岁的男孩子，额头很高，面容未脱稚气，表情则是超出年龄的庄重。叶知秋介绍道，这一位是船长谢晓东，今年16岁——为了尽可能延长乘员在飞船上的生活年限，乘员的年龄要尽量年轻。谢晓东身高1.78米，体重60千克，智商170，获得过哲学、语言学、数学、天文学、天文物理学、天文化学、医学、心理学等14个博士学位。听众中爆发出热烈的欢呼声。他们中有不少是环宇探险的铁杆支持者，夸父号乘员简直是他们心中的神灵。飞船上的气氛十分凝重，谢晓东首先同家人拥别，他的爷奶和父母都热泪盈眶，但克制着没有哭出声。谢晓东同他们依依相别，继续同送行人默默拥抱，满头银发的国家主席代表、联合国秘书长代表、俄罗斯驻华大使、美国驻华大使……拥抱后，他们都致以简短的祝福。

第二位乘员出现在甬道口。是一位同样年龄的女孩，大眼睛，眼窝较深，穿着无袖连衣裙。叶知秋介绍说，她叫狄小星，16岁，身高1.65米，体重52千克，智商170，也获得了14个博士学位。她还是谢晓东的未婚妻，人类之脉将在夸父号飞船里延续。

狄小星也同送行人默默拥抱。她的母亲克制不住，痛哭起来，泪珠凝成圆圆的珠子，缓缓向下沉落。这儿重力已很微弱，每个人的动作都轻飘飘的，给人以虚幻感。狄小星同母亲多拥抱了一会儿，在她耳边低声劝说着，然后继续前行，默默拥抱。

两名乘员走过送行人群，在对接舱口处停下等待着。叶知秋提高声音说：

"下面是戏剧性的一幕，经过有关方面反复磋商，迟至昨天才同意了谢晓东和狄小星的提议，决定让此次环宇探险的创意者——88岁高龄的周涵宇先生作为夸父号的第三名乘员,周先生走过来了!"

一个羸瘦的老人出现在甬道口。

听众沸腾了。"让周先生上飞船"早就成了一个口号,不少人为他大声疾呼。他们说,周先生14岁即提出环宇探险的动议,74年矢志不渝,呕心沥血,终于使它成了现实。他完全有权在飞船上占一个位置。反对的人也不少,他们主要从人道主义考虑,说把88岁老人送上一条不归路,恐怕过于狠心。周涵宇本人从未表态,他当然乐意上飞船,如果能死在太空,那是他最大的荣幸,但他不愿意成为年轻人的累赘。这个争论到现在才有了结果。

地球上的听众都欢呼着,甚至包括这件事的反对派。

老人步履蹒跚地走向送行者。他的脸上皱纹纵横,长有不少老人斑,胳膊上的皮肤枯黄松弛,但他的脸上洋溢着何等的光辉!眼睛中燃烧着怎样的激情!他先同儿子拥抱,两人的拥抱多少有些生硬,因为他和儿子的关系一直是比较冷漠的,他怀着歉意加大了拥抱的力度。

送行者依次同他拥抱,在深深的敬意中多少带着悲凉,毕竟他已经是88岁的老人了!昨天,在决定做出之后,太空署还匆忙为飞船准备了太空葬的器具。不过,从他本人近乎陶醉的幸福感来看,这个决定是正确的,让一个以环宇探险为终极目标的人死在太空是最好的归宿。

三名乘员向大家挥手告别，进入对接甬道。送行者也频频挥手，但没有说再见。不可能同他们再见了！这一点没有任何疑问。

"夸父号"的临时船长在甬道口迎接，他们互致军礼后紧紧拥抱，临时船长作了简单的交接，带着三名临时船员走进甬道，对接舱口缓缓关闭。服务飞船驶离夸父号，停留在50公里外，等待夸父号点火。

谢晓东坐上船长位，开始操作，尾喷管喷出橘黄色的火焰，夸父号缓缓脱离同步轨道，向外太空飞去。在尾喷管点火的刹那，地球上响起几十种语言的欢呼声，礼炮齐鸣，焰火照彻大地。夸父号很快脱离了地球重力。这时船上的太阳帆张开了，几百块巨大的帆页组成一个更为巨大的环形船帆，由电脑自动控制着角度。太阳光的压力经船帆汇聚，变成飞船的动力。从远处看去，飞船就像一只巨大的半透明的水母。

飞船又沿地球轨道飞了一圈，熟悉的地球景色从舷窗外闪过——蔚蓝的海洋，白雪皑皑的高山，黄色的沙漠。当飞船背向太阳时，则是璀璨的万家灯火，不少城市在飞船经过的瞬间燃放了艳丽的礼花，姹紫嫣红，把城市装扮成童话的世界。

三人在心中喊着：永别了，亲爱的老地球！生机盎然的老地球!

　　飞船沿切线向月球飞去,在那儿要做一次小小的重力加速。尽管月球上已建立了几个地面站,但总的来说仍是蛮荒一片。环形山和月球尘占据了整个视野,没有一点宜人的绿色和天蓝色。乘员们默默看着月球的地貌,从今天起,就要终生与这样的蛮荒相伴了。飞船沿月球飞出一个很陡的抛物线,飞过月球的白天和黑夜。小谢从船长位回过头,指着左前方,简短地说:

　　"万户山。"

　　这是以中国人命名的一座环形山。万户,世界上第一个试图离开地球的人。他曾在一张椅子上绑上数百支爆仗,同时点燃,想借火药的反冲力上天。结果爆仗爆炸,他不幸身亡。想来他在当时肯定被看作疯子,遭人耻笑,不过正是这样的疯子推动了历史的发展。

　　飞船正式开始了太空之旅,太阳帆已经产生了1g的加速度,所以飞船内恢复了正常的重力环境。电脑图林接过飞船的指挥,晓东和小星离开驾驶舱,跑过来簇拥在周老的身边。这会儿他们都卸去了"大任在肩"的庄重,又变成了16岁的少男少女。他们喊着"周先生,周爷爷,我们总算把你拽到飞船上了"!

　　老人衷心地说:"谢谢,谢谢,孩子们,我要给你们添麻烦了。"

"不要这样说嘛，周爷爷，你是夸父行动的创始人，完全有权做它的乘员。你也是我们俩的心理依靠，有你在身边，我们就放心啦。"

老人笑着说："我只是一个老废物。我没有拿到 1 个博士学位，而你们却拿到了 14 个！不过，我真的高兴能来到夸父号飞船，这是我毕生的梦想。"

"你努力了 74 年，才把它变成现实。"

"是啊，74 年的梦想，74 年的努力啊！"

窗外是暗淡的天幕，飞船尾喷管的火焰熄灭了，冲压发动机还未启动，只有太阳帆在起作用。飞船的速度很低，衬着广袤荒漠的天幕，飞船显得很小、很缓慢，就像一只生命力脆弱的小甲虫。74 年了，环宇航行是他一生唯一的信仰支撑点，他为此耗尽了心血，曾被世人讥为"异想天开"的疯子。今天设想终于变成了现实，即使他立即倒地死去，他也会含笑九泉的。

2　少年激情

74 年前，即 2009 年，北京奥运会刚刚结束不久，奥运所燃起的激情还在人们心中燃烧。这一年里，国际科幻大会又在北京开幕,这同样是一个燃烧激情的会议。

大会在中国科技会堂召开,中国科协副主席、航天专家曾郁参加了大会。会议结束后,他在记者的簇拥下走出会议室,不时停下来,同熟人交谈几句。这时,一个黑瘦的男孩子在门口拦住他。

男孩子就是74年前的少年周涵宇,生于河南南阳镇平,一个多山的小县城,家境贫寒。他不是会议代表,但他凑够路费,自费来参加会议。小涵宇衣着朴实,肩膀瘦削,一双眼睛像燃烧的煤块。他不善于和大人物打交道,略带口吃,急迫地说:"曾爷爷,耽误你一点时间,可以吗?我有一份最伟大的构思要同你探讨。"

最伟大的构思?曾郁好奇地看着这个窘迫的但说话极为自信的孩子,慈爱地说:"好,你说吧。"

孩子皱皱眉头:"这个构思不是一两分钟就能说完的,恐怕得一个半小时。"

曾郁看看秘书,秘书立即插进来委婉地解释:"曾主席很忙的,这样吧,把你的构思写成书面材料交给我,好吗?"男孩子不说话,倔强地看着曾郁。曾郁心中忽然一动。他担任科协副主席已三年了,这纯粹是一个礼仪性的工作,不过是迎来送往,开会时戳那儿装装门面,哪儿能忙得抽不出一个半钟头呢?秘书的阻挡不过是官场的规矩。曾郁拦住秘书爽快地说：

"好，我们谈它一个半小时。"

这次谈话不在会议安排之中，秘书匆忙安排了一个小会议室。屋内的沙发庄重典雅，黑漆桌面光可鉴人，周围墙上挂着达·芬奇、伽利略等几位科学伟人的画像。小涵宇还没有进过这么高级的房间，他小心翼翼地把自己安顿在沙发里。服务员送来咖啡和水果，曾郁笑着问了他的名字，说："开始吧。"

谈话一开始，小涵宇就找回了自信，他开门见山地说："曾爷爷，我认为环宇探险该提上议事日程了，该提上中国领导人的议事日程了。"

"什么探险？"

"环宇探险，环绕宇宙的探险。"

曾郁惊奇地看看他，在这一刹那，他甚至想对方是不是神经病。不过显然不是，孩子言谈极有条理，双目炯炯发光，那儿燃烧的是理智的激情而不是疯狂。小涵宇早料到听话者的反应，为了这次谈话，他整整准备了一年，现在，他立即展开话题，滔滔不绝地说下去。他的雄辩慢慢地打动了曾郁。当然他不会信服这个荒诞的设想，但至少要听他谈完，听他究竟说些什么。

这正是小涵宇要达到的初步目的。

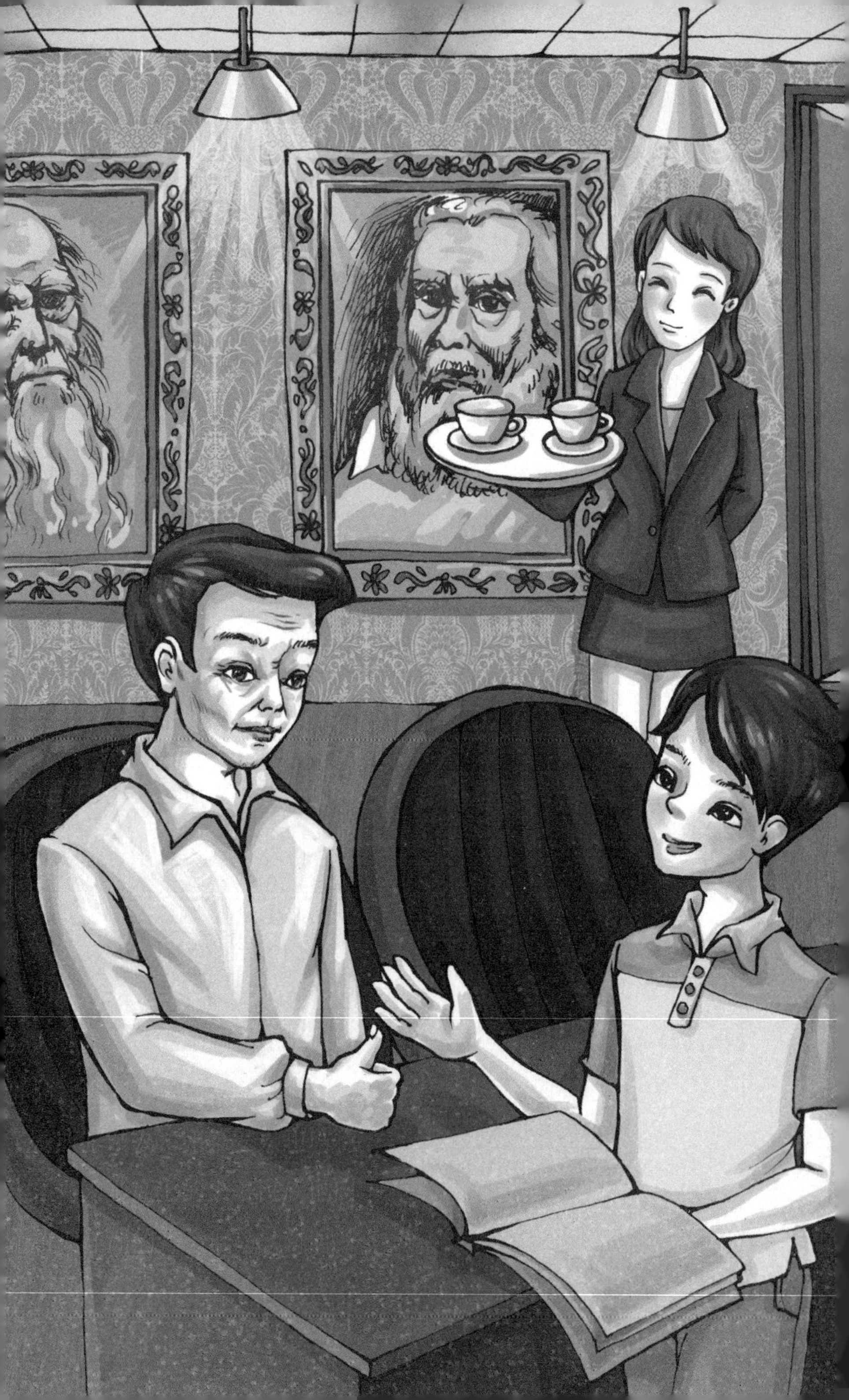

他抓紧时间，一层一层地展开自己的阐述。他的阐述条理清晰，可以分为以下几层内容：

爱因斯坦的"宇宙超圆体假说"是环宇探险的理论基础，早在上个世纪三十年代，爱因斯坦就提出了这个假说。他认为，宇宙三维空间在更高的维度中翘曲、封闭，形成一个超圆体。你的目光如果能超越数百亿光年，那么，你一直向宇宙外面看去——就会看见自己的后脑勺。同理，一艘一直向外宇宙飞的飞船，最终将返回起点。这种高维度空间不大好理解，但如果作个类比就清楚了：人类曾认为地球是平坦的，一直向前走就会走到天尽头，绝不会返回原处。但实际上，平的地面在超二维的空间翘曲、封闭，形成球面。现在谁都知道，一架一直向东飞的飞机，最终会回到自己的起点。

他说："宇宙超圆体"假说在理论研究中已基本被认可，现在需要做的是去证实它，就像麦哲伦去证实"地球是一个球体"那样！

曾郁看看秘书，秘书不安地扭动着——他认为这个孩子简直在说梦话，神经不大正常。如果这次会见传出去，曾主席会被人讥笑的。他低声咳嗽着，暗示曾主席该抽身了。曾郁知道秘书的用意，但他犹豫着没有发话。无疑，这个男孩子是个痴狂的科幻迷，他把对科幻的激情错用到实际生活中啦！但那个男孩目光中有某种东西使他不忍心结束谈话，那是信念，是强烈的信念。有了这样的信念，再平庸的人也会变得亮光闪闪。

曾郁是个航天专家，但他是技术性的专家，对于"宇宙超圆体"之类比较玄虚的理论，只是在青少年时期接触过。他想干脆今天一直听到底，看看这个男孩还能说些什么！他拍拍秘书的肩膀，示意他少安毋燥，然后饶有兴趣地说：

"嗯，说下去。"

男孩受到鼓舞，阐述也更有激情。他说："一般人即使承认宇宙超圆体假说，也把环宇航行看成是十分遥远的事，要几万年、几十万年后才能实现。实际上，空间技术的发展已经非常接近这道门槛啦！"

曾郁不免失笑，如果说到具体的空间技术，这正是他的专业，他可从没意识到这道什么门槛。且听他怎么阐述吧！男孩子说：

"目前的宇宙飞船不能进行远程航行，主要是因为全部燃料要自带，燃料量毕竟是有限的，而且，绝大多数能量浪费在对燃料本身的加速上。不过，目前已经有了三种不带燃料的飞行方式，它们从技术上都已经接近于突破。如果从现在努力，百十年内就能达到实用。它们就是光帆式飞船、冲压式飞船和借星体进行重力加速。曾老，你是专家，我说得不错吧？"

曾郁当然知道这几种方法，不过，除了第三种，前两种基本还属于科幻范畴，他不想破坏孩子的兴致，点点头说："嗯，说下去。"

"光帆式飞船就是利用光压产生动力，太空中基本没有重力，没有阻力，所以即使非常微弱的光压，只要永远作用，也能使飞船达到极高的速度。从目前材料工业的水平看，制造既轻又薄又结实的光帆已没有问题。"

"嗯，冲压式呢？"

"冲压式飞船是利用收集网收集太空中极稀薄的氢原子（大约每立方厘米一个），把它作为氢聚变的燃料。受控核聚变技术估计在50年内就会出现突破，正好来得及用到冲压式飞船上。当然，这个收集网十分庞大，其直径至少要数千公里。不过科学家已想出办法，即用电离炮先把前方的氢原子电离，再用直径300公里的磁力罩去收集，这在技术上已经可以达到了。冲压式飞行有一个好处：飞船速度越高，收集效率也就越高，它基本可保证飞船达到1g的加速度。"

"嗯，第三种呢？"

"第三种就是从恒星体的重力场内窃取能量，这已在多艘飞船，如先锋13号飞船上使用了。而且，飞船的速度越高，旅途中出现的星体就越频繁，可借用的机会越多。特别是一些密近双星，像中子星、白矮星，它们的重力场极强，可使飞船达到数万 g 的加速度。而且和别的加速方法不同，重力加速过程中，乘员是处于自由落体状态，即乘员本身并不承受加速度，不会因数万 g 的加速度而丧命！还有一点优势呢，随着飞船趋近于光速，飞船的质量会急剧增大，这时其他的加速方式效率都会大大降低，但重力加速方式会'水涨船高'，因为它的加速效应本身就和质量有关。"

男孩子说累了，稍稍停顿一下。他一直很拘谨，没有动面前的咖啡，这会儿忘了客气，抓住咖啡杯一饮而尽。曾郁示意秘书唤来服务小姐，又倒了一杯。男孩子红着脸，低声说了一句"谢谢"。曾郁对他十分感兴趣，显然，这个从县城来的男孩性格拘谨，不善交际，没有北京男孩的从容大度。但只要一说起环宇飞行，他立马换了一个人，意态飞扬，妙语连珠！曾郁是个过来人，他想小涵宇将来是要成大事的，因为他已具备了最重要的条件：对某个目标的痴迷。

而且，男孩的分析不无道理，尽管一般人常把远距离宇宙航行看成十分遥远的事，但静下心来分析，技术上的难点确实可望在百年内解决——只要从现在起就把它定为必须实现的目标。男孩子没提到长途旅行中的生命保障系统，即物质的封闭循环系统，这个问题也接近突破了。但是，长途太空旅行和环宇航行毕竟还不是一回事，几百亿光年的旅程啊！

这个男孩子的野心未免太大了。

男孩子喝了咖啡，静静气，继续他的分析："还有一条是人的寿命限制——几百亿光年的旅程，人的寿命却只有几十年！实际上，这却是最容易解决的问题。根据相对论，近光速飞船上的时间要大大减慢。我已做过计算，如果飞船能基本维持在 0.5g ~ 1g 的加速度范围内，飞船在 10 ~ 15 年内就会非常逼近光速，这时，飞船上的时间速率只有正常时间的十五亿分之一。所以，飞船上的乘员绝对可以在 30 年内完成数百亿光年的旅行！喏，这是我的计算。"

他从书包里掏出一张纸，上面密密麻麻地打印着计算过程。曾郁接过来，大致扫了几眼。他的计算没错，对于计算前提的假设也基本合理。曾郁又一次受到震动。他当然清楚爱因斯坦的相对论，但他从未认真想过，相对论能导出这样一个结果——30 年环游宇宙！这与人们的直观有太大的反差。

小涵宇很高兴，自己的发言看来已征服了曾郁老人，他一年的准备总算没有白费。下面他的阐述就属于"扫尾"性质了。他说：环宇航行还有一个最大的技术难点就是飞行的定向——怎样才能一直向"外"飞，而不会在中途转向，以保证飞船精确地返回起点，回到地球。但是，相信 100 年后的计算机能根据星座图处理这件事。再一个难点是经费，据他估计，环宇航行的实现要投入 500 亿元。这当然是一笔十分庞大的投入。"但是，"他诚恳地说，"这笔钱值得！中国的国力已经很强盛，百年之后，国民经济总产值估计要达到100万亿元。而且，500亿元是在百年之内逐次投入，每年开支只占当年国民经济总产值很小的一部分。曾爷爷，我总觉得中国人对世界文明的贡献太小了，很大程度上要怪我们的民族素质。汉民族是一个陆地民族，不崇尚冒险，我们在历史上错过了很多机遇。我想，这次该中华民族带头了！"

他结束了他的布道式发言，急迫地盯着曾老，等待他的回答。曾郁确实很感动，一个来自县城的十几岁男孩竟有这么博大宽广的胸怀，这么宏伟的设想！从某种意义上说，这也代表一个民族向上的心态。不过，作为一个严谨的技术专家，他不会这么轻易被说服。只能说，孩子的大体构思是正确的，但其中还有不少粗疏之处，而任何一处忽略的难点都有可能耽误上百年的进程。比如飞船舱内大气的漏泄。再好的密封也会有轻微的漏泄，去月球完全可以忽略这一点，但对于长期飞行的飞船来说，这是个很严重的问题，因为飞船一旦离开地球，就不会再有氧气的补给。他思索了一会儿，单刀直入，点出了最关键的问题：

"孩子，你的构思很宏伟，设想也比较全面，不过……你已说过，这是一个长达数百亿光年的旅程，即使是光速飞船也要耗费数百亿年。你也说过，光速飞船的乘员可以在30年内完成环宇航行——但飞船外的人呢？他们仍过着正常的时间。几百亿年后，我想太阳系和地球肯定已毁灭了吧，估计宇宙也灭亡了。那时，探索飞船如何'回来'？回到哪儿？如果他们只能回到正在走向热寂的宇宙，这样的航行有什么意义呢？"

小涵宇对这个诘问胸有成竹，目光炯炯地看着曾老，答道：

"我研究过麦哲伦环球旅行的历史。据史书记载，麦哲伦的决心和信念完全基于一份错误的地图，那张地图在南纬52度画了一条根本不存在的海峡。他原想经过这道海峡完成环球航行的，后来才知道那只是一条大河的入海口。但麦哲伦很幸运，他终于找到了一条真正的海峡，越过美洲，进入太平洋，完成了环球航行。纵观人类历史，理论常常落在探险和探索之后。现在去说宇宙的热寂还为时过早，不如横下心来去干这件事，再观察它到底带来什么后果。而且，即使宇宙热寂说是正确的——为什么不放一条光速飞船去逃生呢？宇宙中有各种各样的星体，有主序星、行星、白矮星、中子星、类星体、黑洞，但没有一个实体能达到光速。能达到光速的只有光子和中微子，它们的寿命是无限的。如果我们能用人工的方法造出一个非常接近光速的实体，也就赋予了它几乎无限的寿命。说不定它能活过宇宙热寂，把文明传播到下一个宇宙呢。想想看，即使不考虑环宇航行，单单'光速飞船'本身，也值得我们做下去。"

曾郁再次对他另眼看待，这个貌不惊人的男孩，心胸竟这样开阔，甚至可以说他已经超越了"人类"的功利，立足于宇宙文明之上了。当然他不是赞同他的观点，至少说，要谈光速实体，在21世纪恐怕太早了。他爽朗地笑着：

"与君一席谈，胜读十年书，我很高兴今天能认识你这位小朋友，聆听了一段不寻常的见解。不过，花500亿元去造一只环宇飞船，恐怕不大现实。我们国家还很穷，百废待兴，有很多更需要钱的地方。比如，西北沙漠化的根治，黄河这条'悬河'的治理，环境污染……你说的应该是下一个世纪的计划了。"

小涵宇有点着急了："不，不，曾爷爷，我认为时机已经成熟了。美国上个世纪60年代搞登月计划时，国力还不及我们现在的国力；那时，登月车所用的电脑，还不如早已淘汰的386呢。一个民族只要具备一种信念，定出一个共同的目标，造出一种气势，就能转化成巨大的物质力量。你说对吗，曾爷爷？"

曾郁无奈地说："很好，孩子，你的热情已经快把我说服了，但500亿的开支不是我能决定的，连国家总理也不能单独决定。这样吧，你可以把你的建议写成书面材料，我负责把它转交给有关方面。"

小涵宇马上从书包里掏出一迭材料，恭恭敬敬地交给曾郁。材料打印得很整齐，封面上写着"关于立即着手开始环宇探险的建议"。他认真地说：

"曾爷爷，我相信你，你一定会把我的建议转给国家领导人的！"

"我一定会的，再见。"

从把建议书交给曾爷爷，周涵宇就急迫地等着回音，但建议书从此石沉大海。多少年后他才知道了原因，并不是曾爷爷轻诺寡信，但他年事已高，第二天就突患中风，虽然被抢救过来，但神志已经不清楚了。从此他就与轮椅结伴，用茫然的目光看着这个他已不能理解的世界。有时他会紧皱眉头努力回想，回想似乎有一件未了之事，一件他许诺过的事，一件不该忘记的事，但他终于没能回想起来。这使他十分烦躁，他一直口齿不清地向亲人诉说、发脾气，但亲人们不能理解他的意思。

只有他的前秘书猜到了他的心理，但一直没有说破。在秘书看来，那份建议纯粹是白日梦话，是神经不大正常的人写的，他不理解曾主席竟然答应替男孩子转交！秘书相信，一旦这份建议真的转交给有关方面，那些人肯定会表面恭敬、内心怜悯地看着曾老：是不是老人已老糊涂了。

秘书不愿曾老的名誉受损，所以，他把这份建议悄悄送进了碎纸机。一直到40多年后，秘书也变成一位耄耋老人时，他才向周涵宇说出了自己的忏悔。那时，"环宇探险"事业已经在全国深入人心了。

3　航程

飞船里仍保持着24小时的节律，保持着北京时间。早上6点钟，当地球上的太阳开始升起时，飞船天幕灯开启并缓缓加强，在飞船内营造出白天的气氛。三名乘员都按时起来锻炼，有时晓东比较贪睡（他毕竟是一个16岁的孩子），小星就会敲着他的门喊：太阳出来了！白天是两个孩子学习的时间，晚上六点半，天幕灯缓缓变弱并熄灭，乘员们把居室灯打开。这样的灯光转换实际上毫无意义，但飞船上的人认真地做着，就像是执行某种宗教仪式。

他们以此来保存对地球生活的记忆。

飞船一直是背对太阳而行，现在离太阳已有0.23光年，阳光微弱多了，但太阳光仍不屈不挠地推动着巨大的光帆，给飞船提供0.4g的加速度。这个加速度在飞船内造成了较弱的重力环境，在他们的感觉中，飞船一直是向上飞，太阳却永远藏在地板之下。

飞船速度已经达到 0.2Vc（光速）。这个速度还太低，冲压式动力系统还不能起作用。由于速度远低于光速，由速度引起的时间缩短效应也不显著，所以，这一段航行将是整个环宇航行中最难熬的一段。按预定的航向，飞船将直奔小犬星座的 α 星（又名南河三，星等 0.37，距地球 11.3 光年），在那里做第二次重力加速，并借助于南河三的强光驱动光帆。之后开向双子座的 β 星（又名北河三，星等 1.16，距地球 35 光年），然后奔向猎犬座的 α 星（又名参宿四，星等 0.41，距地球 520 光年，它是一座变光星），在双子 β、猎犬 α 星附近再来两次重力加速。其后要穿越猎户座大星云（距地球 1500 光年），因为对于冲压式飞船来说，含氢的星云是最好的燃料补给站。穿过猎户座星云后，飞船的速度就非常接近于光速了，此后飞船不会再走曲线，而是直奔 150 亿光年外的一个类星体而去。

那时，飞船上的时间速率将非常接近于零，乘员们将在眨眼之间穿越一个星系，将在一呼一吸之间目睹一个星系的诞生、成熟和灭亡。那时，他们将具有上帝的视野。

但目前，他们只有耐着性子，任凭夸父号飞船在茫茫宇宙中缓缓地"爬行"。窗外永远是暗淡的天幕、不变的星空，各个星体都安静地待在自己的原位，似乎一万年都不准备挪动。这个一成不变的航程太乏味了。地球上修高速公路时，在过长的直路上有意要加几个转弯，为的是防止驾驶员在一成不变的环境下打瞌睡，现在，晓东和小星真切地认识到，这个规定太对了。

尽管两个高智商的孩子都拿了14个博士学位，但他们对学习仍然抓得仍然很紧，光盘里有学不尽的知识，如果对于纯粹的学习厌烦，还有希尔伯特的几个经典数学难题在等着你哪。他们学得很自觉，因为当他们在航程上面临什么突变，需要做出抉择的话，什么知识都是有用的。何况，这也是克服旅途烦闷症的最好办法。想想中国的学生从小学、中学、大学到研究生，在长达20年的学习生涯中不也是基本与世隔绝吗？想想这些，两个孩子的心理就平衡了。

飞船的操纵反倒无事可做，是由电脑图林先生直接操纵。飞船的航行基本是固定程序，不可能停靠，不可能减速，尤其是速度接近光速后不能减速，因为那时的减速要耗费巨额能量，而飞船上储存的重水只够一次减速之用，也就是在返回地球时用。"如果途中遇到外星人怎么办？"两个孩子在接受培训时教师曾问，答案是：只有对外星人的存在确认无疑，而且确认外星人的科技水平可以向飞船补充燃料，这时才能下达飞船减速的命令。

对于光速飞船来说，要迅速做出准确的判断不是一件容易事。

晚上7点钟是与地球通话的时间,谢晓东打开了通话器,另外两人围在旁边。估计与地球的联系很快就要中断了,至少是单向中断,因飞船上的电台功率较小,无法飞越几千亿公里的距离。现在,三个人都珍惜与地球的每一次通话。

电波中传来老地球的声音,虽然已比较微弱,但还相当清晰:

"地球北京天文台向夸父号呼唤,你们2087年6月8日发回的电波已收悉,现在是地球时间2087年10月10日19时3分20秒。据我们测定,你们离地球已有0.23光年的距离,并精确保持着预定的行进方向……"

谢晓东迅速计算了一下,扣除回电所耗费的时间,截至地球发出这封回电时,飞船的时间已比地球上少了3天,他简短地告诉周爷爷:

"我们比地球人已年轻了3天!"

接着,电波中介绍了地球上昨天的要闻:以色列和巴勒斯坦终于捐弃世仇,共同成立耶路撒冷合众国——中国大陆和台湾的海底隧道昨日正式通车——南极冰山发生大面积塌方……

谢晓东向地球汇报了今天的航程和飞船上的生活情况。

下面是与家属通话时间,这是三个人最为珍视的时刻。可惜,由于距离的遥远,一方的通话,对方要在 4 个月后才能收到。所以,这不是通话,而是互不相关的陈述。双方都意识到,连这种打了折扣的联系很快就要中断了,永远地中断了,所以,说话中难免涌动着悲凉的潜流。狄小星的妈妈说,家里一切都好,小星最喜欢的小猫白点子昨天下了四只猫崽(当然这已是半年前的事了)。谢晓东的父亲说,他和晓东妈刚刚庆祝了 25 年银婚纪念,家宴中还特意为晓东摆了一副碗筷。最后通话的是周涵宇的儿子。这是儿子的第一次通话,所以老人很激动,手指微微颤动着。儿子的话很简单,仍多少透着生疏,但他以尽量亲切的语调向爸爸问了好,祝爸爸长寿。还说你的重孙子昨天刚刚出生,为了纪念曾祖爷爷,特意取名为环宇。

周涵宇的眼眶中涌出热泪。两个孩子在旁悄悄观察着,既为老人高兴也为他可怜。老人与妻儿的不和是众人皆知的,他妻子早已去世,离开地球这么多天,儿孙们竟然没人与他通话。所以,每次同家人通话时,晓东、小星都生怕刺激了老人。谢天谢地,今天他的儿子总算良心发现了!晓东把话筒递给老人,轻声说:

"爷爷,你给家人说几句吧!"

老人嗓音颤抖地说:"儿子,谢谢你的通话。爸爸这一生

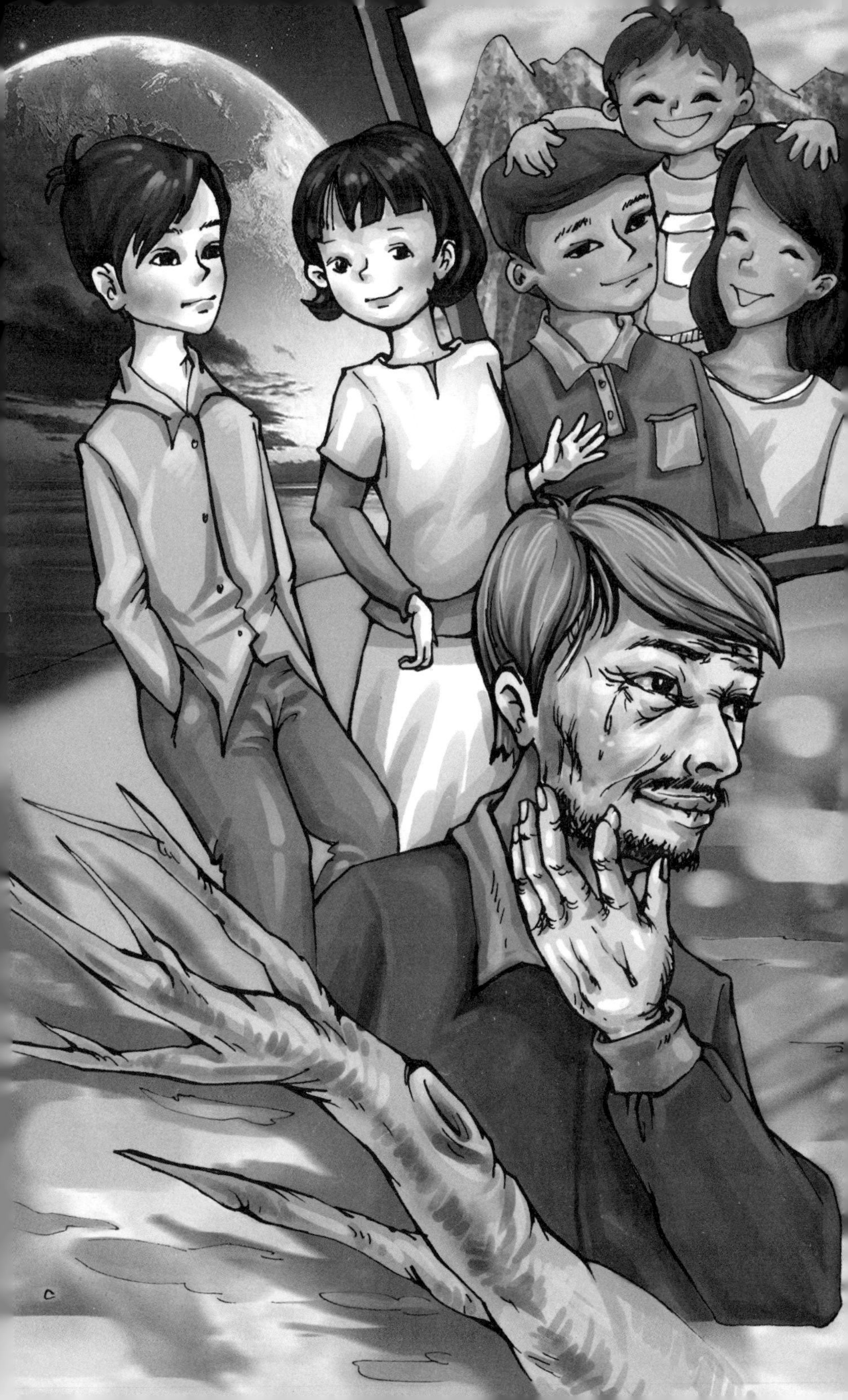

亏负你们太多，请你们原谅我吧。问全家好，替我亲亲我的重孙子。"

他把话筒递给狄小星，小星说："以下是狄小星同家人的通话。爸、妈，我们这儿一切都好，请转告我的心理老师雷英，他所担心的心理幽闭效应并没有出现。因为飞船上现在有一个亲切的老祖父，他每天都给我们讲地球的风土人情、历史掌故，冲淡了旅程的寂寞。我们真庆幸他能上飞船，我们希望他能活一百岁、二百岁，永远陪着我们！"

听着这些孩子气的话，周涵宇笑了，把狄小星揽到怀里。

通话完毕，两个孩子立即围坐在老人身边，"爷爷，今晚讲什么？"

老人抚摸着他们的脑袋："你们说呢？"

"讲各地的小吃！""讲各处的景点！""讲地球上的笑话！"

"行啊，行啊。"老人既欣慰，也对孩子们心生怜悯。为了承担环宇航行的大任，几百个孩子从8岁起就过着基本封闭的生活，进行强化学习和锻炼。经过一轮又一轮残酷的淘汰，只剩下小星和晓东两人。这两个孩子没享受到童年欢趣，他愿意为他们补上这一课。

"今天讲讲地球上的野草，你们愿听吗？好，我就介绍几种中国北方常见的野草。有一种叫节节草，茎是一节一节的，细叶，附地生长，其根部是白色的，和茎部一样成节状，有甜味。这种草生命力很强，你把它连根刨掉再埋进土里，它的茎部就会变成根，顽强地探出头来，活下去。还有一种野草叫马齿苋，叶子肥厚，像马的牙齿，可以做蒸菜吃，略带一点酸味儿，但味道很可口。这种菜的生命力也很顽强，把它拔下来晒上四五天，叶片的绿色都不会变，种下去照样能活。另一种叫酸豆秧，十字形的叶片……"

虽然他讲的是平坦无奇的乡间杂草，但两个孩子也听得津津有味。

深夜，铃声突然刺耳地响起，电脑图林先生自动打开屏幕，用合成声音高声喊：

"谢晓东先生，狄小星小姐，快起来，周先生心脏病发作！"

狄小星第一个跳下床，另一间屋子里，谢晓东也跳下床。他们赶到周涵宇的卧室，见周涵宇面孔苍白，呼吸急促，心电监视仪上显示着极不规则的搏动。两人都经过严格的医务训练，立即投入紧张的抢救，为老人注射了强心针。少顷，老人慢慢地睁开眼睛，看到晓东正在寻找血管为他打吊针，便虚弱地说：

"晓东……不必为这具破躯壳浪费药物了，飞船上药物有限……这辈子能死在飞船上我已经很满意了……"

谢晓东止住他："不要说话！——请服从医生，配合治疗。"

这会儿，两个孩子已完全脱去孩子气，行动干练自信。周涵宇喜悦地想：不愧是经过严格训练的宇航员啊，我即使死去也放心了。

他在药物的催眠下沉沉睡去。

第二天早上醒来，见小星在房间里值班，她伏在床边睡得很甜。周涵宇怕惊醒她，小心翼翼不敢稍动。但狄小星还是立即醒来，俯身问："爷爷醒了，你感觉怎么样？"

"我已经完全恢复了，小星，快点休息吧！"

"不，我不困，我现在给你拿早饭。"

两个孩子围在他的病床边吃了早饭，仍是千篇一律的太空流食。在飞船的食物封闭循环中，如果想实现地球上的多种多样的美食，则机器的结构过于复杂。为了球宇飞船早日上天，乘员们不得不放弃了口腹享受。在早年的宇航训练中，晓东和小星早已习惯了这样的食品，所以他们吃起饭来并不觉得是吃苦。老人看着他们，泪珠悄悄溢出来。

"爷爷，你怎么啦？"

"没什么。"老人掩饰着，"大病之后一时的感情脆弱。孩子，你们选择了这条人生之路，不后悔吗？"

"不！"两人同声回答，谢晓东看看小星，笑着说："爷爷，知道我是怎么走上这条路的吗？说来和你直接有关呢。"

"是吗?"

"我早就想把这件事告诉你了,我要完成我爷爷谢大成的嘱托——亲口向你道歉。"

老人困惑地说:"你说的什么呀,为什么要道歉?"

收拾了餐具,两人围在老人床边,晓东说:"爷爷,你为了环宇飞船,从25岁起就在全国演讲募捐,整整奔波了50年。还记得第一次募捐是在什么地方吗?"

"当然记得,是在我家乡附近一所小学,菩提寺小学。"

"你还记得第一个捐款的学生吗?"

老人坐直了身子,急急地说:"记得!我不知道他的名字,但我还记得他的样子,是个又黑又瘦的男孩子,额门特别高,他……"

晓东笑了:"难道你没有发现我的大额门吗?他是我爷爷,谢大成,飞船上天前他已经去世了。"

老人定定地看着他,百感交集,喃喃地说:"对,你跟他很相像,这已经是60多年前的事了。"

"我爷爷是环宇事业的铁杆支持者,我爸爸、妈妈也是。如果可能,你们都乐意当夸父号的船员。他们都没赶上,我赶上了。我这辈子是在环宇之梦中长大的,你想我会后悔吗?"

小星说:"我也是一样,爷爷,我从小就是你的崇拜者,能和你在一条飞船上,你不知道我们有多高兴!昨天晚上你把我们吓坏了,以后你可不许再犯病,要陪我俩一直走完整个航程!"

老人发自内心地笑了:"好的,好的。放心吧,咱们的飞船越飞越快,死神追不上啦。"

4 第一名捐款者

菩提寺小学在一片浅山区,当25岁的周涵宇把它选为募捐第一站时,他自己也不知道是如何选中的,是天意,还是偶然?小学比较贫穷,教学楼虽然刚刚翻盖过,但建筑粗糙简朴,学生们衣着式样也比较陈旧。他硬着头皮找到校长,一个刚过30岁的瘦削男子,戴一副近视镜,面相很和善。周涵宇红着面孔讲完来意。他知道自己的设想对一般人来说过于玄妙,很可能会被人当成骗子。王校长耐心地听完,仰着头思索片刻,又盯着周涵宇看了一会儿,忽然出人意料地说:

"行啊,给你一个小时。"他补充一句,"中国孩子还是要有一点梦想的!"

周涵宇猛然拉住校长的手,热泪刷刷地流下来,他哽咽着,仅仅说出两个字:

"谢谢。"

下午课外活动时,100多名小学生集合在操场上,主席台是一张课桌，上面放了一个粗糙的捐款箱，是用硬纸箱临时糊成的。周涵宇望着100多个人头，100多双眼睛，口里发干，心中扑通扑通地跳着。自从14岁那年他把倡议书交给曾郁爷爷后，就一直盼着回信，但倡议书石沉大海。此后，他把一封一封的倡议书寄给有关单位，仍如泥牛入海。他并不怪罪有关单位的掌权者，毕竟"环宇探险"的想法太超前、太胆大包天，与现实生活的反差太大。曾郁老人说得对，中国百废待兴，要花钱的地方太多了！但他没有停止努力，他决定改变方法，从下面开始，先感动老百姓，再去推动上层。今天，是他进行募捐的头一次讲演，但愿它能成功。

  他终于镇定了自己："同学们，"他开门见山地说，"人类具有探索与探险的天性。人类是在东非诞生的，大致在25万～30万年前，他们开始沿非洲东部向北迁徙，经过西奈半岛、中东，进入亚洲；又向北扩展，大约在35000年前，进入欧洲，并在各地区进化出黑人、黄种人、白人等各个人种。大约在4000～20000年前，几只属于蒙古人种的部落（一说是日本岛的绳纹人和阿伊努人）先后跨过辽阔蛮荒的西伯利亚，经过串珠似的阿留申群岛，进入北美洲。随后迅速向南蔓延，在美洲大陆上留下了爱斯基摩人、印第安人和玛雅人的足迹。大致在同样的时代，马来半岛上的土著民族也向大洋洲扩张，使人类的足迹遍布大洋洲的各个群岛、新西兰和澳大利亚，形成了众多的岛屿土著民族。你们在历史书上知道，是哥伦布发现了美洲，库克发现了澳洲。但实际上这只是人类的第二次发现，早在数万年前，人类就发现了非洲、亚洲、欧洲、美洲和大洋洲，这些发现都是由不知名的英雄们完成的！"

操场上鸦雀无声，100多双黑黑的瞳仁紧盯着他，他益发进入状态，把心中萦徊十几年的激情倾倒给听众：

"这些史前探险家的探险生涯是无比艰难无比危险的，不妨设想一下，一支蒙古人种的部落沿水草丰饶的西伯利亚草原逐年北上，进入冻土带，进入冰天雪地的北极圈。他们根本不知道白令海峡另一边有一个广袤的大陆，他们很可能认为这个酷寒的世界就是地狱的入口，那么，是什么信念支持他们毅然跨过白令海峡的？再看看大洋洲，不少岛屿，比如复活节岛、夏威夷群岛都孤悬大洋深处，离最近的陆地也有数千公里。那时，人们没有地图，没有指南针和六分仪，没有能长期保存的罐头食品和瓶装淡水，没有设施齐全的越洋木船，尤其是，他们根本不知道浩瀚大洋的对面有没有大陆或岛域。那么，他们为什么有勇气开始孤注一掷的探险？每每想到这里，我都由衷地佩服这些无名的探险家，包括无数在探险中牺牲的失败者！"

听众中有了轻微的骚动，随即安静下来。

"刚才说过，对这些新大陆的探险都发生过两次，两次的情况不同。第二次探险的成功者都在历史上留下了名字，推动了世界范围的移民，促进了本国的富强。但第一次探险，即史前探险却是'一去不复返'式的。他们在新大陆撒播了人类的种子，但他们的信息丝毫没有传回自己的母族母国。比如说，我们中国人从来不知道蒙古人种一支后裔或侧支，竟跨越半个地球到了北美洲和南美洲。他们的探险也没有为母族带来任何的利益。但我们能因此就抹煞他们的功劳吗？"

下面，一个男孩子脱口喊了一句："不能！"那孩子看到周围的人们都入神地静听，忙捂住嘴巴。周涵宇不由绽出一丝微笑，提高嗓音说：

"我们不必去羡慕古人，羡慕那些大无畏的史前探险家，因为，一项空前伟大的探险在等着我们，那就是——环宇宙探险！"

在听众的震惊中，他尽量简明地介绍了爱因斯坦的宇宙超圆体假说，并说明，一般人认为是"科幻性"的行动，实际上已能提上人类的议事日程，因为环宇飞船的技术已接近于突破。他说，这也是一种"史前式"的探险，探险者很可能再也回不到地球，连他们成功与否的信息也传不回来。即使如此，这项探险仍值得做下去，原因无他，就因为探险是人类与生俱来的天性，它超越了狭隘的功利目的。

他讲得激情飞扬。有人走上讲台为他倒杯水，是校长，校长的目光分明是带着鼓励的。他感激地向校长点点头，端起杯喝了一大口。入口才知道茶水太烫，校长想阻止已晚了半拍。这个小插曲在听众中激起一片笑声，但笑声马上停止了。

"中华民族是一个陆地民族，实事求是地讲，我们比较欠缺探险精神，除了郑和下西洋值得大书一笔外，其他探险活动乏善可陈。现在机遇摆到了我们面前，如果努力去做的话，环宇航行有可能在一个世纪内实现。我呼吁全体中国人从现在起就来做这件事，来推动这件事，使环宇探险成为这个世纪中国人的精神凝聚点。当然，组织这次探险耗资巨大，难度很高，但只要13亿人立志去做，天底下还有克服不了的困难么？想想上个世纪60年代的美国登月计划吧。"

他郑重地指指捐款箱，"所以，我今天为环宇探险向少年朋友募捐。我谨在此发誓，你们捐的每一分钱都会用到环宇探险事业上，决不会变成酒宴上的饭菜，不会中饱私囊。此心昭昭，可对日月！现在，请大家踊跃捐款，数量不拘。"

下面是一片静默。周涵宇心中忐忑不宁，毕竟这是他的第一次，毕竟他说的"环宇探险"是过于超前的事。如果没有一个人捐款，他也会高贵地接受失败。但他的担心是多余的，台下的静默只是因为听众太投入了，片刻之后，刚才曾

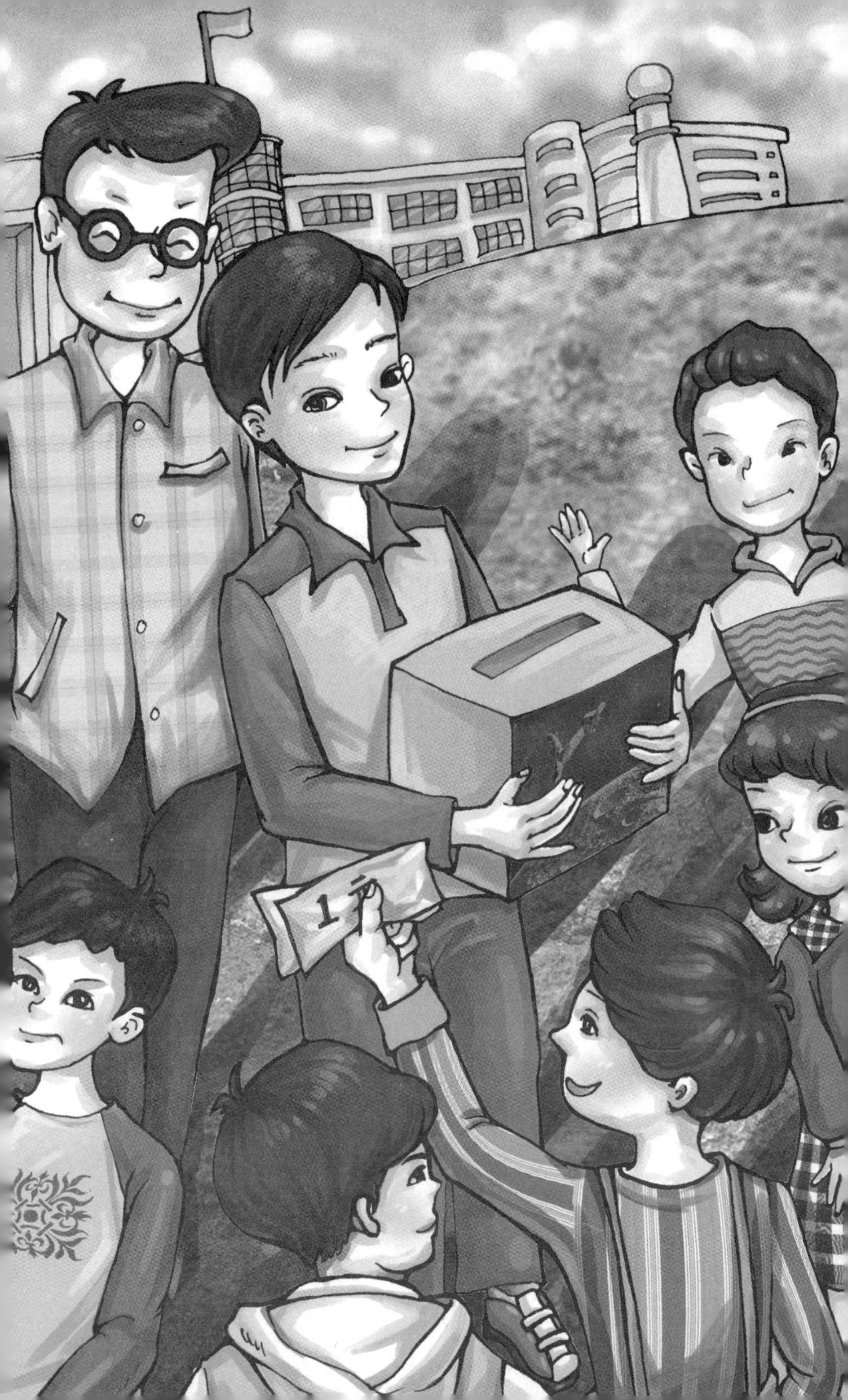

脱口高喊的那个男孩高喊着:"我捐!"

他急急跑上讲台,把两张一元钱投进捐款箱。在他身后,100多名学生蜂拥而来,100多只小手在空中挥舞着,争着向箱内投下自己的钱。周涵宇的眼泪不由得流下来,声音嘶哑地说:"谢谢,谢谢!"

第一个捐款的男孩子跑过来——他就是谢晓东的祖父,他拉拉周涵宇的衣襟,认真地说:"我明天还要捐,我到哪儿找你?"

"我明天在学校门前等你,谢谢你,小兄弟!"

最后捐款的是校长,他向箱内投了一张50元钞票,笑嘻嘻地说:"周先生,我不相信你说的——环宇航行会在一百年内实现,但我仍感谢你为孩子们编了一个美妙的梦。"

"谢谢校长,谢谢!"

第二天,周涵宇怀抱着捐款箱立在校门口,那个男孩子果然又捐了20元钱,还有几十个学生再次捐了款。一个30岁左右的路人不知道这儿是在干什么,走过来,歪着脑袋观察捐款箱,听了孩子们的话,他讥诮地说:

"什么狗屁探险?骗钱呗!这些娃儿们全是傻蛋!"

周涵宇直视着他,忽然咬破手指,在捐款箱上写了一行血字:"如有一分钱未用到环宇探险上,天诛地灭!"年轻人读过这行血字,脸红了,讪讪地离开了。一群孩子围着他七嘴八舌地说：

"不要听他的，大哥哥，我们信得过你！"

就这样，从这所小学开始的涓涓细流，最终汇成了大江大海。50年后，他和伙伴们募得了数百亿元的资金，启动了环宇探险事业。在这个世纪中，环宇探险始终是中国社会的主旋律，它凝聚了一个民族的意志，一代一代坚持下去。

晓东和小星依偎着坐在对面，老人想，他们是一对恋人，可惜他们的恋爱没有花前月下、水光山色。他们要在广袤酷寒的太空中度过一生，而这一切都是从那两元钱捐款开始的。周涵宇一直不知道那个男孩的姓名，因为所有捐款者都没留下名字，但他清楚地记得男孩的模样。他说：

"晓东，你爷爷那两元捐款，可以说是环宇事业的奠基石，我永远忘不了他，在我心目中，那两元钱一直安放在祭坛上——可是，你说什么道歉？我对他只有感激。"

晓东和小星相视一笑，显然连小星也清楚这件事的根根稍稍，她问："爷爷，在你开始募捐的6年后，曾有过很轰动的'非法集资案'，你肯定不会忘记吧？"

"当然，这件事的起因全怪我。"老人愧疚地说，"那时我是凭一腔热情去搞募捐，但几乎是个法盲，不知道金融机关对集资有严格的规定。开始时，我大多是在小县城募捐，社会影响比较小,也没有人来管我。6年后,等我筹到了4000万元,在社会上有一点影响了,忽然法院封了我的账号,把我也拘捕了。那时,我觉得天塌了,在拘留所的两天两夜里,我的头发成把成把地往下掉,嗓子哑得几乎失音。"

"舆论界那时也对你大加挞伐,'世纪骗子''拙劣的科学骗局'……。对吧?"

老人宽厚地说:"那只是因为他们不了解真相,不怪他们。"

"可是,你知道这场讨伐对我爷爷的影响吗?他是你的狂热支持者,他省吃俭用把微薄的积蓄捐出来,一次又一次;他到处向人宣讲环宇探险……可是忽然间别人告诉他,你信仰的那个人是个大骗子!我爷爷的精神世界一下子崩坍了。如果果真如此,他被骗走的可不仅仅是钱财,而是一生的信仰!他甚至准备了匕首,想找你去复仇。"

老人肃然起敬:"真的吗?他是个真正的血性汉子,即使他把匕首捅到我的心窝里,我也会敬佩他。"

"幸亏他还没有完全失去理智,决定在复仇前要亲自了解一下,于是他单枪匹马开始了调查。他询问过你的募捐事务所的义务员工,也询问过你的妻子,那时,你还没有离婚。"

晓东小心翼翼地说出最后一句话,知道这是老人心中永远不会痊愈的伤疤。果然,老人的脸色阴下来,苦涩地说:"我们是在两年之后离的婚,怨我对他们母子太寡情。"

"我爷爷谢大成访问了你的妻子,在那儿,他看到了真实的你。"

谢大成几经周折找到了周涵宇的家。主妇穿着围裙开了门,冷冷地盯着他,一副拒人于门外的表情,不过她总算让他进了屋,指了指沙发让他坐下。屋内摆着一辆婴儿车,一个大约两岁的男孩正在熟睡。屋里摆设很简单,也相当凌乱,到处是小孩的玩具,几件脏衣服扔在地上,主妇的脸色透着疲惫。谢大成自称是某师院校刊的编辑(这点他没说谎),想来采访周先生,主妇愤怒地说:

"他死了!他不在这儿!"

看到来访者的困窘,她多少缓和了语调:"我让他从这儿搬走了,我们已经分手了。我是被逼无奈,你看看这个狗窝!"她的怒气又渐渐高涨:"他从不顾家,一天到晚念叨着环宇宙探险,来一群狐朋狗友一侃就是半夜。他每个月的工资只交给我200元,剩下的全填到那个无底洞中,迎来送往,出门演讲,花起钱来大方得很,只是对家里一毛不拔!"

她的声音太大,把孩子惊醒了,撇着嘴哭泣,她忙把孩子抱起来悠着,孩子从她怀里胆怯地看着生人。女人的嗓音放低了:"他是个神经病!走火入魔,信的是邪教!"

谢大成环顾着屋内的贫穷景象,喃喃地说:"听说他已

79

募集了4000万,也有人说他中饱私囊,他怎么不给家里留点钱呢?"

"放屁!"女人粗鲁地说,"我已经不打算和他过下去,犯不着为他辩护,不过人说话得凭良心。他哪里中饱私囊?他要是知道中饱私囊,也算得上是个人了。我这里像个狗窝,他自己的日子更是连狗都不如,每天省吃俭用,破衣烂衫,省下的钱都塞到那个无底洞中去。他迷上什么不行,偏要迷上环宇探险?这种玄天虚地的事情……"

谢大成觉得,该为周涵宇进行辩解了:"大嫂,环宇探险并不是玄天虚地的事情,19世纪末,俄国的齐奥科夫斯基就梦想火箭上天,那时他也被社会看成是疯子。现在,人类不是已经在月球和火星上登陆了吗?人类的科学进步都是从疯子开始的……"

女人不耐烦地打断了他的话:"你和他是一路货。"她非常精当地评价着:"谁当你的女人,谁也倒霉。走吧,你走吧!"

从周妻那儿回来后,谢大成又恢复了对周涵宇的崇拜。其后在对周的声援队伍中,谢大成是奔走最卖力的一个。半年后,对这起非法集资案的审判结束了。毫无疑问,周涵宇的行为触犯了法律,但他的赤子之情打动了法官,对他的处罚之轻是前所未有的：责令补办登记，查封的捐款全部解冻。法庭宣判过后，周涵宇含泪对法官鞠躬，对听众席鞠躬。只是，他不知道声援人群中有一个叫谢大成的人。

经过这一番折腾，环宇探险事业的名声更大了。此后44年，他们共募集到500亿元的捐款，政府将环宇飞船的建造纳入了国家科技进步计划，3万名科技精英为之日夜奋斗。一直到2083年，集结了数代人心血和智慧的环宇飞船终于踏上茫茫的宇宙之旅。

"晓东，不要提什么道歉的话，感谢你的爷爷，感谢你们！"

5 太空婚礼

"夸父号向地球呼唤，夸父号向地球呼唤。"狄小星对着报话器说。地球的电波早已中断了，但他们仍坚持每天的通话。"现在是飞船时间2092年7月24日18时20分32秒，夸父号飞船刚刚掠过小犬α星，获得了又一次重力加速，现在飞船速度已达0.999Vc，距地球22.3光年。"

0.999Vc，相应的时间速率为地球的1/22。他们已离开地球32年，但飞船上的时间只过了9年。总的来说航行十分顺

81

利，光帆动力和冲压式动力不屈不挠地推动飞船加速。再加上小犬 α 星的重力加速，飞船的速度已相当接近光速。不过，由于飞船质量的迅速增大，加速度的绝对值已经只有 $0.08g$ 了。飞船开启了旋转系统，以离心力来模拟重力。所以，飞船上的生活环境变了，船舱的环形舱壁变成了地板，人们的头顶指向环形的中心，而飞船的前进方向正与这个环形垂直。

也可能是太空环境有利于健康，在心脏病发作过一次之后，周涵宇的身体状况很好。按地球年龄算，他已经 120 岁了；即使按飞船年龄算，他也 97 岁了，但他一直活得很好。他对两个孩子开玩笑地说：

"我那次没说错，飞船的速度太快，死神肯定追不上我了。"

25 岁的晓东和小星快活地说："是啊，死神肯定没有能力配备光速飞船！爷爷，陪我们把这趟旅行走完吧。"

"好啊，我会尽量做到这一点。"

舱外已不再是枯燥沉闷的暗淡太空。飞船的高速造就了从来没有人欣赏过的美景。由于多普勒效应，飞船正前方的星光发生了紫移，而后方的星光则发生了红移，它们都外移到人眼看不到的波段，在人的视野中一个接一个地消失。只有与飞行方向垂直的星空，星光的频率（即颜色）才保持不变。结果，前后两方形成了黑渊，黑渊向船的中央扩展，直到只剩下环绕船中央的一条星带。赤橙黄绿青蓝紫，形成一个美丽的彩虹星环。

不过，这只是多普勒效应产生的结果，实际上还存在着光行差效应，它使彩虹星环逐步向运动前方靠拢，就像在雨中奔跑时雨柱会向前方倾斜。于是，彩虹星环便逐渐爬到飞船的正前方。

飞船每天向着这道璀璨壮伟的星环飞去，但永远追不上它。

这样的美景令人百看不厌，闲暇无事，周涵宇会仰靠在床上，透过飞船前方的舷窗，透过一万吨重冰（重水结成的冰）所凝成的巨大透镜，透过直径300公里的磁力收集罩，欣赏着这个美丽的圆形彩虹。这时，他觉得一生的辛劳都得到了报偿。

电脑把变形的星空扯平，在屏幕上显示出它的原貌。太阳在飞船的后方，早就变成了一颗普通的星星，不过仍是较亮的一颗。月亮、金星、火星之类当然早已看不见了。刚刚飞过的南河三（小犬 α 星）变成了榛子大小的一颗亮星，闪着耀眼的白光；前方则是北河三（双子座 β 星），它离飞船只有12光年的距离，也有榛子般大小，强光耀眼夺目。因为前后都有强光源，光帆无法起作用，所以光帆已收起来了。

83

不过，冲压式动力十分有效，再加上频繁的重力加速，所以飞船的速度仍在快速向光速逼近。

晓东和小星都过了25岁生日，晓东肩膀宽阔，喉结凸出，上唇已长出了浓密的胡须。小星也长成了胸脯丰满的大姑娘。这天，两人手挽手走到老人面前，郑重地说，他们要结婚了。

"好啊，"老人喜悦地说："我总算盼到这一天了。什么时候举行婚礼？"

"就在明天吧。"

"该做些什么准备呢？我希望你们举行一个中国式的婚礼，不过飞船上没有红烛、喜宴和爆竹。"

"一切都准备好了，不用你老操心。不过，你的工作也很繁重的。你要担当主婚人、证婚人、司仪和双方家长。"

"没问题，我会扮好所有的角色！"

飞船上天前，宇航局就彩排了婚礼上的场景，把它储存在光盘里。现在，隆重豪华的婚宴在船舱里进行着。身披婚纱的小星挽着丈夫走上前台，政府代表、宇航局代表、国外来宾依次同他们拥抱。天穹上撒下漫天花雨，七彩的激光在空间闪烁。双方的家长幸福满面，人们觥筹交错。

当然这只是虚拟场景。在真实的飞船里，一对新人按照司仪的礼赞，向父母的位置鞠躬，向主婚人鞠躬，夫妻对拜，然后三人坐在餐桌前。今天的宴席仍是太空流食，只是多了三副酒杯和两瓶茅台酒，那是特意为今天准备的。三人举杯相碰，一饮而尽。一瓶茅台很快见底，三人都醉意陶陶。老人说："我太高兴了，太高兴了，我能活着看到你们成家立业。祝你们婚姻美满，早日生下儿女。我的身板儿还硬朗，还能为你们抱孩子呢。"

小星也有了七八分醉意，脱口说：可惜咱们的孩子永远不会有同龄伙伴，也不会有游乐场、游泳池和绿草地。晓东忙制止她，说，不过他（她）仍然会非常幸福的，他（她）会有一个非常独特的经历。再说，这也是人类为了探索必须付出的牺牲。想想那支跨越白令海峡的蒙古人种部落吧，他们在冰天雪地里不知失去了多少孩子，才变成了不怕冷的爱斯基摩人？

老人机敏地扭转了这过于沉重的谈话，笑哈哈地说：时候不早了，你们两位该入洞房了。我呢，我还要留在这儿慢慢品尝茅台酒。我这一生从没像今天这样喝得这么痛快。

一对新人站起来向老人告辞，小星说：爷爷，不要喝过量了。然后两人进入洞房。虚拟场景结束了，周涵宇老人握着酒杯，但并没有喝酒。有时他向星环举起酒杯，喃喃地说着什么。

6　远古的梦

这也许是发生在 3000 年前的场景。在地球上，在浩瀚的南太平洋海面上，有七八只独木舟在海面上漂流。船上没有帆，那时的土人还没有学会使用船帆的技术；也没有人划桨，因为船上的人早已没有力气了。只有海流不停息地推着独木舟向西飘去。

船上的人有男有女，也有一两个幸存的小孩儿。他们都半裸着身体，古铜色的皮肤，黑色的头发。前边一只独木舟上是巫师萨摩和他的家人，他是这次探险的倡议者。半年前，在篝火前的祭神傩舞中，在嚼食古柯叶造成的虚幻中，他忽然得到了神谕。神说，集合你的族人，驾上你们的独木舟，向太阳落山的方向行驶，在遥远的海洋深处有一处肥美之地，树上挂着美味的水果，山上有甘美的泉水，鱼儿会自己跳进你的网中。

于是，萨摩率领全族人离开了他们居住的陆地，即被后人称作南美洲的地方。经过两个多月艰难的航行，他们什么也没发现。船上的淡水早已发臭，连这些发臭的淡水也已被喝完；早就没有了食物，他们只能靠夜里蹦上船的飞鱼略略充饥。人们一个一个得病死去，不少船只落后了，失踪了，

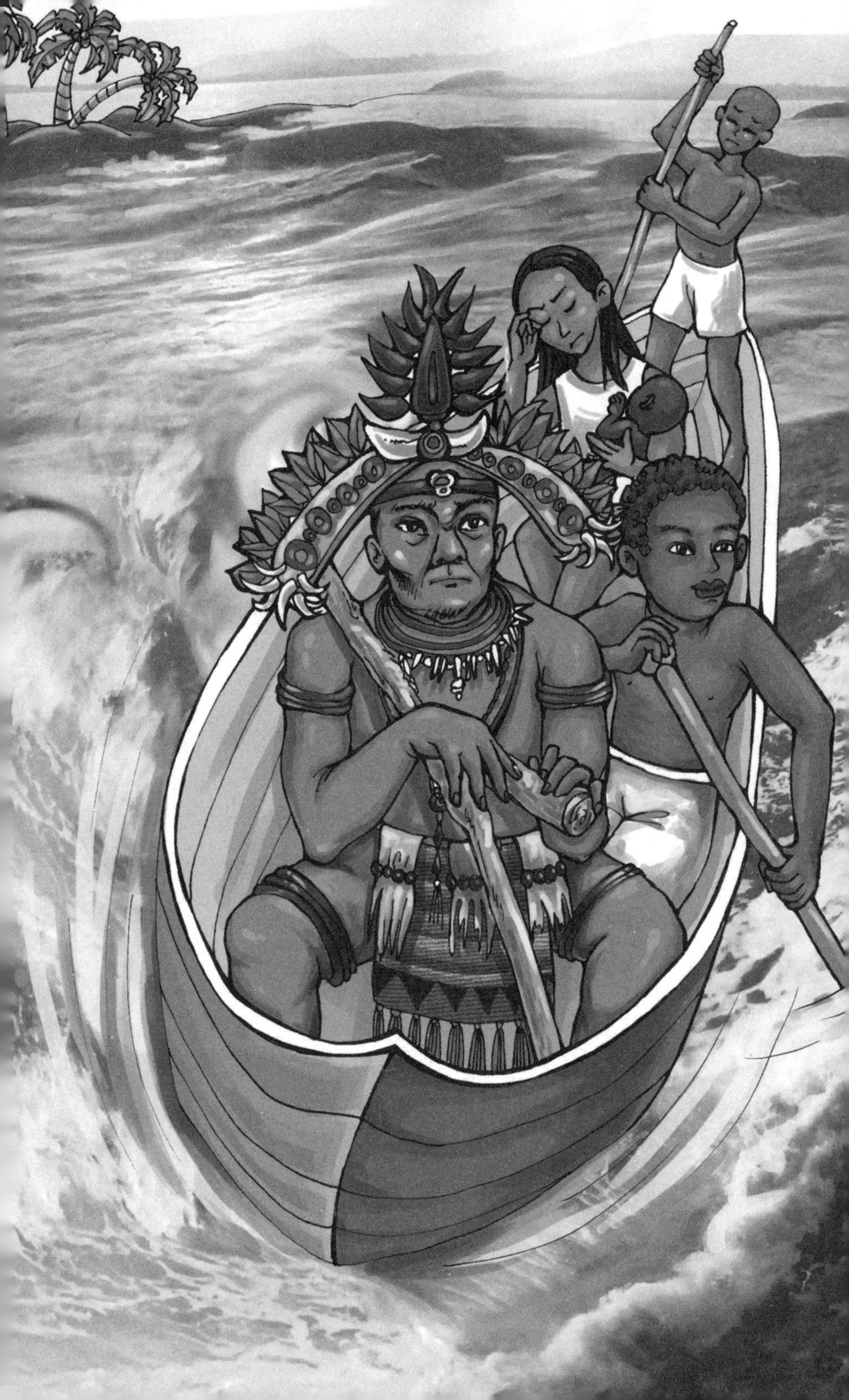

只剩下最后七八条船和20余人在作最后的挣扎。

萨摩的孩子病了10天，今天咽下最后一口气。萨摩的女人把孩子小心地抛到水里，尸体很快在船后消失了。女人抬起头虚弱地说：我也要走了，我要跟儿子一块儿走了。男人啊，你说的肥美之地在哪儿呢？

萨摩大声说：大神说那片土地就在前边，大神不会骗我们！他挣扎起来，跪在地上向大神祷告。这次他没有听到神谕，他失望地回转身，忽然瞪大了眼睛：在他们的侧后方，天空中似乎有一只飞鸟！飞鸟离他们很远，在天空与凸形水面连接处飞着。他揉揉眼再看，飞鸟已消失了。

萨摩愣了很久，不知道自己是否看花了眼。但不管怎样，这是他们最后的机会了，于是，他站起身，对后边的独木舟高声喊：

"看啊，大神派飞鸟来迎接我们了！"

他掉转航向，向飞鸟消失的地方划去，船上的人早已奄奄待毙，但生的希望激发了强大的力量。他们顽强地划着桨，向着那最后的希望划过去。在太阳落山前，他们再一次看到了天空的飞鸟，然后他们看到了一个小岛，看到了岛上的绿树。萨摩喃喃地祷告着，他想肯定是他的虔诚感动了大神，否则他们就会与这座岛屿擦肩而过，葬身在无垠的海洋里。

这也许就是南太平洋某个珊瑚礁岛上土著民族的来历。一条血脉之河脱离了主流，在一个蛮荒之地保存下来。

7　双子星湮灭

飞船的速度又向光速逼近了万分之一，现在，飞船上的一天已经等于船外的一年，换句话说，飞船每一天都能轻松地跨越一光年的距离。路遇的恒星不再是稀罕物，每隔几天、几十天，就会有一颗恒星在飞船的近距离内掠过。

三个人常常饶有兴趣地观察窗外的奇景，当然是通过电脑屏幕的校正。有时他们遇见了一只刚从星云中诞生的原始恒星，它以红色的光芒烧烤着围绕它的星云；有时他们会遇见一对互相旋转的双子星，因为离得太近，在引力的作用下，其中一只气态星球变成梨形，梨形的尖嘴对着白矮星伴星，恒星的气态物质正通过这个尖嘴被伴星吞食；有时他们遇见红色的饼状星云，它是一颗暗弱的恒星抛撒出来的，旋转的星云中已能看出几只行星的轮廓。最常见到的是旋涡状的星云，随着飞船的迅速逼近，淡薄的星云逐渐拉开，变成一颗颗发着强光的星体。

这种视野是地球人不可能具有的，正像那些从未坐过飞机的土著人不可能从上面俯视云层。坐在近光速飞船上，宇宙的变化被浓缩了，可以说他们已具有了上帝的目光。

算来地球上的时间已过去1200年了，他们所有的熟人都早已作古。1200年来地球科技又有了什么发展？他们是不是又向太空派遣了更先进的光速飞船？这些问题无法得到答案，只能供他们遐想。

20天前，他们在前方的星空里发现了一对双子星。这对双子星个头很小，只有几百公里，发光也比较微弱，所以地球上的星图中从没有标出过它们。

但电脑图林先生的计算说明，这是密度极大、相距很近的一对中子星，它们周围的重力场是已知星体中最强的。图林先生提示说，这种重力场极强的双子星是进行重力加速的最好场所，如果能在那儿加速，飞船的速度又将提高万分之一。这个速度与光速是那样贴近，以至于飞船上的1天可以变成船外的1千万年。所以，可以说他们已经进入与天地同寿的境界，在一二十年内完成环绕宇宙的航行，同时，目睹宇宙飞速地走向死亡。

他们当然不会放过这次机会。

从发现这对无名双子星的那天起，晓东、小星和电脑图林先生就开始了紧张的计算。前边既是一个机会，也是一个陷阱，弄不好飞船会被强重力场的潮汐作用撕碎，乘员也会死于中子星的强辐射。他们详细计算了飞船切入的角度和距离，计算了飞船重水的屏蔽效果和屏蔽角度。时间过得太快了，每过一天，飞船就向双子星靠近一光年。有时他们甚至祈盼飞船的速度减慢一些。

周涵宇在这些事上没办法帮忙，他毕竟没受过系统的高等教育，70多年来他也曾如饥如渴地学习太空飞行知识，但充其量只能做一个内行的旁观者。在距无名双子星还有一天路程时，他们的计算终于得出了结果。

双子星在电脑屏幕上迅速增大，快速旋转着，既有自转也有公转，每当其中一个星体的转轴指向飞船，便有强X光辐射从飞船上扫过。双子星已经变成月亮大小，谢晓东启动了飞船上的备用动力，调整着飞船姿态，飞船极其迅速地插入它们之间，沿着其中一个星体转了半个圈，被离心力沿着抛物线方向甩出去。

这个过程延续了两个小时，但在飞船上只是几秒钟。在这几秒钟里，三个人都失去了重力，随着飞船在做自由飘浮。等飞船重新恢复直线飞行时，晓东和小星互相拥抱着大声欢呼起来：

"成功了！爷爷，我们成功了！"

经过这次加速，飞船上的时间已接近了静止，所以，几乎在眨眼之间，飞船已飞离双子星10光年。他们静下心，从屏幕上观察双子星的运动。

　　与他们的预测一样，在飞船飞离之后，双子星的公转速度明显减慢了。因为近光速飞船具有极大的质量，在这次加速中，飞船从中子星重力场窃走了巨大的能量，导致了中子星转速的明显降低。于是，两颗中子星沿着两条螺线互相靠近。这个过程拖了几十年的时间，但在飞船上仅仅是一刹那。刹那之后，两颗中子星相撞，激起一场骇人的爆炸，这儿霎时间成了宇宙中最亮的地方。白光以不可阻挡之势向四周扩散，也从后边凶猛地追赶着夸父号飞船。

　　按照爱因斯坦相对论所揭示的奇特规律，对于近光速飞行的飞船来说，这波强光风暴仍是以光速向它逼近，在60光年后追上了夸父号。尽管由于极端的红移效应，强光变成不可见光，但它的能量仍是实实在在的。夸父号的太阳帆被彻底摧毁了，好在飞船本身并没有受伤。

　　三名乘员紧张地看着屏幕，通过电脑的校正，红移光线在屏幕上恢复了原状，于是他们看到了铺天而来的强光的洪流，把飞船整个沐浴在白光之中。白光撕裂了光帆，又裹着光帆飞速向前飞去。

　　很快，强光洪流掠过飞船，消失在飞船前方。

8 弥留

双子星湮灭之后，周涵宇也进入了慢性死亡。这次他不是心脏病发作，他没有得任何病症，只是，他的生命力已经燃烧净尽了。他不再进食，不再离开床铺，身躯迅速消瘦，只有思维还很清晰，一双眼睛像是冬夜的火炉，似乎他全身仅存的生命力都在瞳孔中燃烧。

晓东和小星终日守候在床前，耐心地柔声细语地劝他，爷爷吃一点饭吧，你说过要陪我们走完环宇航行，你还说要帮我们带孩子，爷爷，你不能失信呀。

老人内疚地说，恐怕我要失信了，我已经累了，想休息了。按飞船年龄，我已经103岁了；若按地球年龄呢，应该是多少？

晓东说，现在飞船速度与光速非常非常接近，接近得飞船上的测速系统失去了意义，所以无法得出准确的时间速率。按估计，现在飞船上的一天已相当于飞船外的1100万年。累计起来，从飞船升空到现在，地球已过去34亿年了。

老人说：你看，我已经是34亿零105岁的老怪物了，我真的该休息了。小星机敏地反驳：这可不是理由，我和晓东也都是34亿零30岁的老怪物了，你看，咱们基本上是同龄人哩。还有我腹中的小宝宝,他只有四个月大,但也相当于飞船外的12亿岁老人,也是个老怪物呢。

虽然身体已很虚弱,但老人仍不禁莞尔一笑。的确,生活在近光速飞船上,日子仍按正常节律那样度过,这时很难真正地想象飞船外那个比蜗牛还慢的世界。现在,飞船上的人几乎已达到了永生,但他已无福消受了,他就像战争结束前牺牲的最后一个军人。

不过他不后悔,一点也不后悔,他侧过目光看看屏幕,一颗接一颗恒星在屏幕上闪过,就像火车线旁的电杆,因为,在飞船上的一声"滴答"中,飞船已飞过了几百光年啊,他问孩子们:

"34亿年了,太阳是否已变成红巨星?地球是否已被红巨星吞没?"

晓东安慰他:"不,太阳还不到变成红巨星的时刻。再说,34亿年后的人类谁知道发展到什么程度?真是难以想象,也许他们派的后续部队已在前边的路上等着我们哩。"

老人不再说话,闭上了眼睛,思绪已经飞回地球。晓东和小星不愿打扰他,轻手轻脚离开老人的房间,两人低声商量着,该为老人准备后事了。

正在这时,飞船内响起刺耳的警铃,飞船的侧喷管突然自动点火,向左侧喷出赤热的火焰。飞船陡然向右急转,两

新安魂曲

人措手不及，全都跌倒在地。晓东立即爬起来，四肢着地向老人房间爬过去。老人果然也被甩到地板上，幸而没有受伤，他把老人揽到怀里，老人睁开眼，声音微弱地问：

"怎么了？"

电脑图林先生急促的声音："船长！航程正前方10000光年处发现了一个黑洞，我已让飞船紧急转向！"

"做得好，谢谢你。"

晓东和小星都暗自庆幸，10000光年，飞船要1万年后才能到达——但在近光速飞船中，这只是8.7秒的时间。飞船内外的时间差使得飞船内的人，甚至电脑都变成了反应奇慢的树懒，对航程中的陷阱很难及时做出反应。这会儿，飞船勉强绕了一个弯，从黑洞旁掠过。飞船的观测系统在近距离内观察到了这个黑洞，它和一颗白热的恒星形成双星系统，并被恒星所照亮。黑洞吞噬着周围的物质，形成巨大的吸积盘。由于黑洞造成的强烈的空间畸变，使得盘的上下面都能被一个观察者同时观察到！这种多重成像的堆积，使得吸积盘看起来像一个奇特的草帽。草帽的前部非常明亮，草帽凸起部则隐藏着一个半球形的黑体。

图林的声音："飞船已绕过黑洞，请问是否转回原航向？"它解释道："如果再次点火，飞船的重氢存量将无法满足今后的减速。"

这也就是说，如果以后能回到地球身边，他们也不能停下，而只能从地球旁边飞速掠过了。晓东看看小星，没有犹豫：

"点火吧。首先我们要保证能回到正确的航线。"

另一侧喷管点火，飞船缓缓地向左转弯，回到原来的航向。

老人已陷入昏迷，脉搏极为微弱。两人轮流守在床边，轻声呼唤着他。夜里，老人忽然睁开眼睛，清晰地说：

"孩子们，我要走了。"

晓东和小星知道他的生命已不可挽回，便轻声告诉他：飞船上已准备了一具棺木，他的遗体将密封在棺木里，系缆在飞船外壳上。在飞船外零下270℃的寒冷中，遗体将被妥善冷冻，直到飞船返回地球。老人很欣慰，一波笑纹从脸上漾过：

"谢谢你们的安排。我先回去了。"

他永远闭上了眼睛。

9　童话

周涵宇的灵魂已脱离了躯壳，离开飞船，逆着来路向前摸索，就像一只循着气味寻找旧宅的老猎犬。

灵魂的旅行大概不受光速的限制吧。

他生长在内陆的小县城，17岁前没见过大海，所以不像海洋民族的孩子那样对大海有强烈的向往：无垠的海面，水天连接处的轮船，海鸥在天空搏击，招潮蟹在沙滩上横行，就连小小海贝那闪着珍珠光泽的内壳里都蕴藏着大海的无数秘密……他没有对大海的直观感受，但他另有地方寄托遐思、激情和幻想，那就是比大海更为浩瀚深邃的天空。

他曾躺在家乡的小山包上唱儿歌：青石板上钉银钉，千颗万颗数不清；也曾在葡萄架下听老人讲牛郎织女的故事。小学二年级时，一位去北京天文馆参观的同学给了他一张活动星座图，这份价值一元的制作粗糙的礼物成了他的最爱。活动星座图是可以旋转的两个同心圆盘，上面一张留有一个椭圆形的透明窗口，旋转这个窗口，你就能看到冬夜、春夜、夏夜和秋夜的星座。他对这张图十分入迷。夜里只要闲暇，他就把图举过头顶，逐个寻找天上的星星：天鹰座α星（牛郎星），天琴座α星（织女星），大熊星座（勺星），小熊星座（北极星），天顶处美丽的北冕星座，蜿蜒绵亘的长蛇星座，还有猎户星座的三星，半人马做的南门二（那是离地球最近的恒星）……等到星座图用坏，他已经把所有的星座烂熟于心。

童年一份偶然的礼物能影响一个人的一生，从此他和宇宙星空建立了深深的恋情，而且从没中断或减弱过。中学时代他了解了爱因斯坦的超圆体宇宙论,这奇妙的理论令他心醉——只是,为什么没有人像麦哲伦那样,以亲身的旅行来证实它呢?

他为这个少年的奇想耗尽了人生。"夸父号"正在环绕宇宙飞行,航行还没有结束,只是他的力量已用尽了,他该休息了。他曾那么急切地盼望着飞出地球,现在他以同样的急切盼着飞回去。

人的思维恐怕也是一个超圆体吧。

10　天葬

周涵宇老人平静地去世了,他脸上凝着恬然的微笑。

尽管早有心理准备,晓东和小星仍然很悲伤。三人世界倒塌了,那个激情的、阅历丰富的老人走了,再不能给他们讲述老地球的故事了。

两个人细心地操办了老人的丧事。他们为老人净身,换上寿衣,把老人的遗体放在棺木里,垫上元宝枕。飞船里没有备香烛,两人便在灵前装上两颗灯泡作长明灯。在晚上的例行通话中,他们向地球通报了老人的死亡(当然这些通话不可能被几十亿光年之外的地球收到)。停灵三天后,两人最后一次向老人告别,然后扣紧了棺盖。

晓东穿上太空服，推着棺木进了气密室。外门打开了，由于旋转船舱的离心力，棺木自己沿切线飞了出去，一根保险索飘飘摇摇地扯在棺木之后。晓东追上去，把棺木牢牢地连在船舱外壁上。零下270℃的酷寒将很好地保护着这具遗体，直到飞船返回地球。

晓东抚摸着棺木，轻轻叹了口气。他没有告诉老人，由于躲避黑洞耗尽了能源，飞船已经无法减速，也就是说，即使他们能返回地球，而且地球仍安然无恙，他们也只能与地球擦身而过，永远无法叶落归根了。

这是他的第一次太空行走。由于太空行走必然造成气体的漏泄（对于无法取得补充的光速飞船，船上的氧气是十分宝贵的），又容易使太空人遭受辐射，所以在一般情况下，他们从未打开飞船的舱门。今天是特殊情况。他是以光速在太空中行走的第一人，也可能是唯一的一人。

他贪婪地观察着飞船外的太空。

经过昨天黑洞的重力加速，飞船的速度又向光速逼近了。他看着飞船前方的彩虹星环，忽然发现彩虹星环的光度大大减弱了。这可能是几天前就发生的事，但他们忙于躲避黑洞和为老人送葬，忽略了这一点。

这是怎么回事？星环的亮度仍然在显著地减弱，一分钟一分钟地减弱，他猛然想到了这种变化的原因。他不敢多停

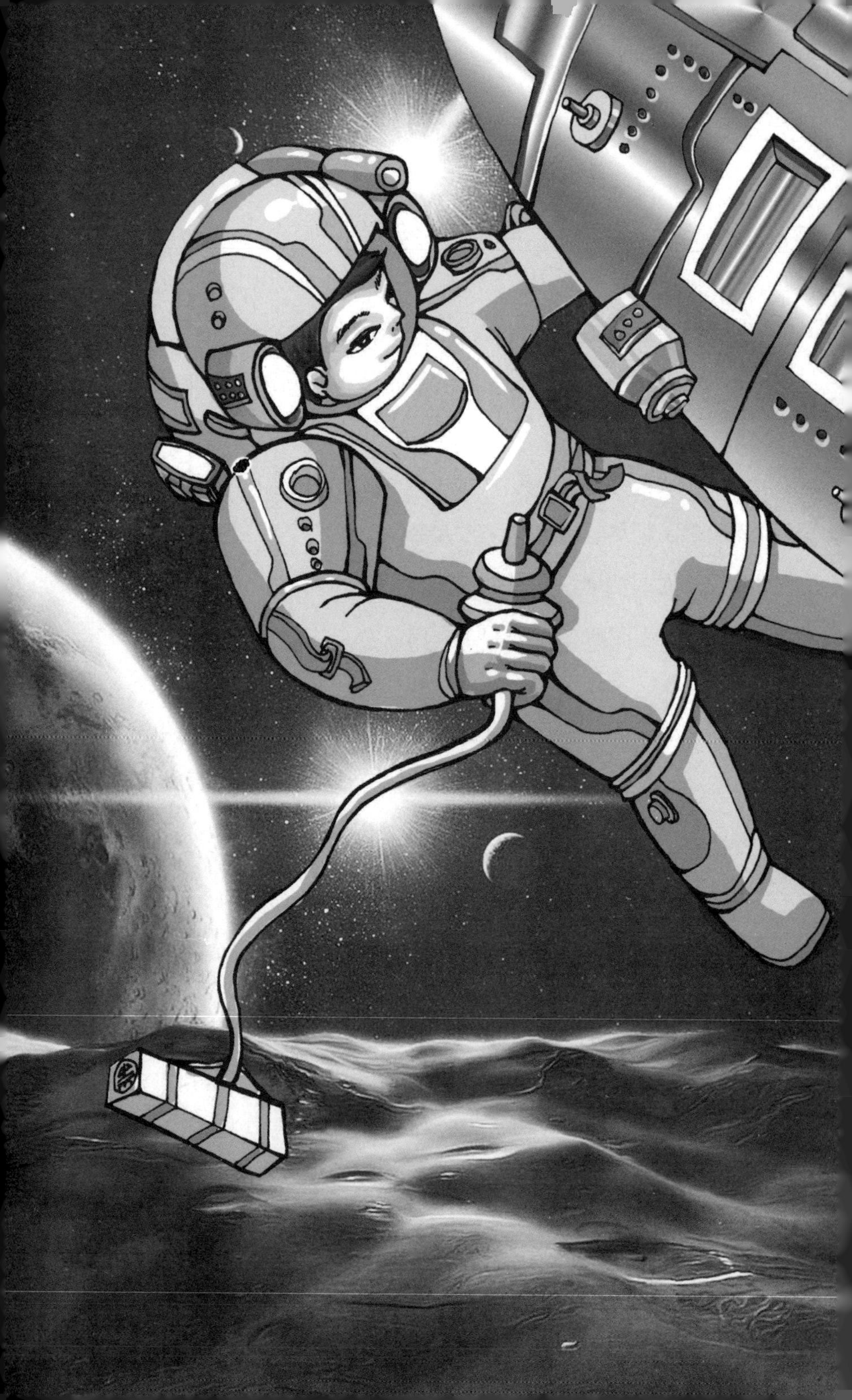

留，在心中同老人告别，迅速返回气密门。

狄小星正坐在驾驶椅上观看屏幕，也发现了舱外的异常。她看了看丈夫，在无言的交流中两人都明白了一切。屏幕上是经电脑复原的太空，飞速掠过的恒星形成不间断的光流，但现在光流逐渐暗淡。这一切都是在逃离黑洞后的 30 天内发生的，在这 30 天内，舱外的宇宙走完了最后的几亿年里程，宇宙之光开始熄灭了。狄小星捧着肚子中八个月的胎儿，偎依在丈夫怀里，忧伤地观察着屏幕。

他们使屏幕暂停，一帧一帧地走。光流复原成恒星，一个个互相逃离，并暗淡下去，在发出最后一道闪亮之后归于熄灭。不过恒星全部熄灭之后，宇宙背景并没有变成漆黑一团，因为不会衰老的光速粒子（光子和中微子）脱离光源之后还在超圆体宇宙中永不停息地奔波，照亮了宇宙消亡后留下的太空尘粒。谢晓东说：

"小星，我们看到的是正在灭亡的宇宙，一个无限膨胀的热寂宇宙。"

"是的。"

"我们是从一个静止的时间码头去观察宇宙的飞速流逝。"

"是的。"

"我们是这个宇宙唯一的幸存者，因为我们是宇宙唯一的光速实体。"

"是的。"

"小星,我在想,上帝最可怜,因为他太寂寞了啊。"

小星仰起头吻吻丈夫,"晓东,不要太感伤了,孩子快出生了,我们陪着孩子等待宇宙的再生。它一定是很快的,等恒星重新闪亮时,也许孩子还没满月哩。"

谢晓东笑了:"你说得对,这倒使我想到了一个好名字,咱们的儿子就叫——耶和华吧。"

小星马上接道:"耶和华说,'要有光',就有了光。"

晓东也背诵着圣经上的语句:"耶和华说,'天上要有光体,发光在天上,普照大地。'这事就成了。"

两人笑着拥在一起,额头顶着额头。

11 永远的老地球

两个月之后,一个男孩呱呱坠地。夫妻两人按照那一天的玩笑,真的把他命名为耶和华。不过这位"耶和华"与圣经上那位高鼻深目、长发披肩的老人可没有丝毫相似之处,他脸蛋皱巴巴的,皮肤粉红,小手小脚,不过哭声倒是凶猛而嘹亮。

晓东和小星都忙于照护孩子,已顾不上注意飞船外的情景。又是几亿年过去了,宇宙丝毫没有复苏的迹象。光速粒子仍在不知疲倦地奔波，但随着宇宙的膨胀，这锅粒子汤越来越淡薄，舱外越来越黑暗。宇宙的黑夜已降临，只是不知道是否有明天的日出。

小星的奶水很好，耶和华吃饱了，香甜地打着呵欠。当妈妈的心醉神迷地看着他，逗弄着他的小耳垂、小鼻子，有时喜悦地喊：晓东，你看他在吮我的手指头呢。晓东也在品尝着初为人父的喜悦，但喜悦之中难免有些苍凉。很可能他们三个是浩瀚宇宙中仅存的生命体。虽然飞船上的能量在躲避黑洞时用去大半，但剩余能量用以应付飞船所需还是绰绰有余的，至少可用100年。那相当于飞船外的万亿年，时间真是不可思议的漫长——可是，在100年后呢？再说，难道他们一家就这样孤零零地永远活下去？

那恐怕会让人发疯。

每天晚上，谢晓东依然同地球通话，报告近况，包括儿子的近况。当然这纯粹是象征性的。现在已不是地球收到收不到电波的问题，而是根本没有这么一个老地球了。

但小谢依然每天如故。他绝对想不到，自己的努力会感动上帝，给他送来一份丰厚的回报。

耶和华可不管舱外的天翻地覆，照样慢条斯理地皱眉，哭泣，吃奶，撒尿——在他撒完一泡尿的期间，千百万年又过去啦！幸亏有了小耶和华，夫妻两人忙着照顾他，忘了对宇宙灭亡的感伤。既然感伤也无用，那就索性抛开它，全力倾注在耶和华身上吧。

这天，耶和华第一次睁开眼睛，向这个世界投去茫然的一瞥。年轻的父母很兴奋。晚上通话时没忘记把这个喜讯告诉地球。很奇怪，谢晓东忽然听到了微弱的呼唤：

"地球呼唤夸父号！地球呼唤夸父号！"

声音酷似周爷爷的声音。谢晓东真像是白日撞见鬼，惊得几乎跳起来。正在逗弄孩子的狄小星也听见了这两声呼唤，惊讶地转过脸。

呼唤声仍在继续："地球呼唤夸父号！你们2098年10月14日18时4分30秒发来的通话我们已收到。"

他们收到的是10天前的电波，按飞船上的时间推算，两者相距不足1亿光年。就像是久居暗室者不敢见阳光，两个人不敢相信这个喜讯。舱外的宇宙已进入茫茫黑夜，万物皆已消亡，难道唯有地球长存么？看来对方也十分了解这边的心理，开始做出解释：

"夸父号乘员，我们仍使用古人类语言与你们通话。我们在模仿周涵宇老人的口音，根据时间估计老人肯定已去世。我们谨以此表达对他深深的敬意。

"可能你们会奇怪，何以宇宙热寂后地球还会存在，其实这多半得益于你们的伟大创举。夸父号升空 10 年后，就有人提出了'光速地球'的设想；又经过漫长的 180 万年，这个设想终于实现。所以地球和夸父号一样，也变成了几乎不会衰老的光速实体……"

"光速地球！"两人惊喜得大叫起来。耶和华受到惊动，响亮地哭起来。那边继续说：

"6 个月前，也就是宇宙时间 18 亿年前，地球曾偶然接收到你们的信号，不过信号随即中断。从那时起，地球就投入全力寻找你们……"

晓东和小星互相望望，紧紧拥抱，酸甜苦辣涌上心头。他们在明知无望的情况下坚持通话，这种宗教般的热诚终于有了回报。看来，上帝是存在的！

那边说："现在请立即改变方向，向地球方向靠拢！"

谢晓东迅速测定了电波的方向，向图林先生下了转向的命令："飞船只留下三天的能量，其余全部用于转向！"

飞船侧喷管喷出绚丽的火舌，飞船缓缓转弯，在黑暗的宇宙中向地球方向靠拢。那边的声音忽然提高：

"夸父号飞船，我们刚刚收到了你们 10 月 15 号晚 7 点 30 分的通话。地球与夸父号只有两个小时——当然指飞船时间——的距离了！"

地球的通话者十分激动，飞船上的人更不用说了。他们这会儿最感谢的是爱因斯坦,因为他的相对论所造成的时间速率减慢,使远隔几千万光年的人可以在两个小时相逢。狄小星频频亲着耶和华,孩子,孩子。地球马上来了,我们马上要回地球了!

亲爱的老地球啊!

地球和飞船的距离正在迅速缩短,现在,尽管回电仍有延迟,但双方已能艰难地对话了。那边忽然笑道:

"我听到了孩子的哭声,是耶和华的哭声!我还忘了恭喜你们呢!"

"谢谢!谢谢!"

在此后的对话中,谢晓东迫不及待地询问着有关地球的一切。地球告诉他,飞船现在所在的方位已实际上离太阳系的原位置已经不远了。虽然恒星消亡后宇宙失去了定位的标志,但地球已发展出新式的空间定位技术。"顺便告诉你,宇宙超圆体理论早已得到验证,在夸父号升空10万年后,地球派出了性能更为优异的夸父2号,并早于你们返回地球。很可惜夸父2号没有遇到你们。"

谢和狄苦笑着说:"那我们的努力不是白费了吗?"

"没有白费,怎么能说白费呢。你们难道认为蒙古人种对美洲的史前探险是没有意义的吗?"

"谢谢你的安慰,我们不会沮丧的。至少,能返回地球这件事就足以补偿一切。对了，还没请教你的姓名呢。"

对方略微迟疑一下："你不妨称我周先生。我想应该告诉你，比你们多进化了180万年的地球人类早已不是原来的概念了。我们的外形、智力型式、婚姻生殖方式、进食方式、乃至姓名、衣着，都是你们无法想象的。现在的人类处于共生态，你们所熟悉的单独的个体已不存在了。所以，"他半开玩笑地说，"在你们走下飞船前，请预先做好思想准备。"

谢晓东看看妻子，多少带点勉强的笑道："即使你们变成多足蠕虫，我们也会很快习惯的，反正我们知道你们是地球人类的后代，是地球文明的继承人，而且，你的这些对话多么富于人情味儿！"

对方也笑了："当然当然。尽管有了根本性的变化，我们仍是人类呀。"

谢晓东和妻子对视一眼，没有就这个话题往下说。他们的心里多少有些担忧。回到180万年后的人类社会，不是容易适应的。但他们也很快找到了自我安慰的理由，毕竟，这比回到500亿年后的人类社会要强得多吧。

依电波的往返时间测量，地球离这儿已经很近了。对方说："请你们打开所有的灯光，好吗？地球现在已点亮了所有的灯光，准备与你们会师。"

狄小星突然惊喜地喊："看哪！"

在黑暗的宇宙背景中忽然钻出一个小小的亮点，像针尖一样刺破黑暗。亮点极其迅速地扩大，很快变成了圆盘，变成了巨大的亮球，占据了半边天空。它是那么璀璨，那么耀眼，看起来像是一个透明的发光体。地球继续逼近，白亮的强光中开始分解出绿色和蔚蓝，绿色无边无际，蔚蓝无垠无限。绿色和蔚蓝之中是高与天齐、奇形怪状的建筑，在建筑物的上方，是一个环绕整个地球的透明的天球。天球并不是绝对透明，上面流淌着七彩的晕霞，缓缓扩展，变幻，消失，重生。两人入迷地看着，总觉得这些晕霞的变化似乎和他们有心灵感应。

谢晓东也打开了飞船上所有的灯光，当然比起地球来说差远了，那就像是皓月之下的一个萤火虫。但在黑暗的宇宙中，有这么两个发光体互相呼应，足以在人的心里激发出一种温馨的感觉。光速飞船和光速地球现在并肩飞行，两者速度差别很小，所以基本上处于相对静止。飞船进入地球的重力场，飞行方向开始向地球倾斜。地球上的那位先生说：

"夸父号，请开始降落吧。"

地球的透明罩有一处打开了，露出一个圆形孔洞，孔洞对着一个巨大的十字，那是飞船降落的基准。谢晓东说：

"四天前我们为躲避一个黑洞，耗尽了能量，现存的能量已不足以降落了，我想你们得派一艘救护飞船。"

"不必要，我们已在降落场开启了反重力装置。"

"反重力装置？"

"对，反重力装置，你尽管大胆地朝十字中心冲过来吧。"

谢晓东心中忐忑着，用仅余的能量调整航向，向着十字中心"冲"过去。在重力作用下，飞船下降速度越来越快，但在越过地球的透明罩之后，速度忽然稳定下来。现在，他们就像是乘坐高速电梯，平稳匀速地下降。舱外景色美不胜收。越过透明罩盖之后进入了松软洁白的云层，几艘形状奇特的飞行器完全不顾重力规则，在天空中疾速飘移。天空的辉光拼成通天彻底的大字：欢迎夸父号的英雄们归来！然后是建筑物，它们有的在空中飘浮，与地面没有任何联系；有的从地面长出来，探头在云层中，随着微风轻轻摇摆，这些奇特的建筑超过了两人的想象力。谢晓东忽然想到一个问题：

"周先生，恒星都熄灭了，地球从哪儿索取能量？"

对方简捷地回答："能量是可以创生的，只要把伴生的负能量及时处理掉就行。等你们回到地球再补课吧，180万年的进步不是三言两语能说完的。再次提醒你们，地球人的外形已有了很大变化，你们见到欢迎人群时不要吃惊。"

夫妻两人对望一眼，不知怎的，他们始终对此心中忐忑。当然，新地球人绝不会有任何恶意，但以后要生活在异类生物中——这事始终让人别扭。谢晓东勉强笑道：

"我们已做好思想准备啦，不必担心。噢，对了，飞船外系缆着周涵宇先生的遗体,请你们小心。"

"不必担心,反重力场万无一失。"

飞船平稳减速,落在降落场上。两人心潮激荡,激情难抑,时隔12年之后,或者说,时隔470亿年之后,他们终于要踏上地球的土地了!耶和华可不管大人的感受,他刚咂完奶,闭着眼睛睡得十分香甜。小星抱上他,丈夫搂着她的腰身,一同走出了舱门。

在他们看到欢迎人群前,首先看到的是三个人:白须飘飘的周涵宇老人,身边偎依着两个16岁的少年宇航员,那当然是他们两个。三个人脸上漾着灿烂的微笑,频频向他们招手。晓东和小星稍稍愣了一下,难道地球人的高科技把周涵宇老人复活了?又为他们克隆了两具替身?不过他们随即就明白了。那三人站在一个高高的基座上,上身可以动作但脚下不会移动,他们的身躯也比正常人大了几倍。看来这是地球人为纪念夸父号船员所修的塑像,不过塑像在某种程度上是活的。

两人定定地看着老人,心中甘苦交加,他们真想扑到老人怀中去哭去笑,想把怀中的耶和华递到老人怀里,让老人亲亲他光滑柔嫩的小脸蛋。之后他俩才看到雕像基座旁的欢迎人群——天哪,180万年后的后代竟然是这么一种模样!不过他们没犹豫,走下舷梯,向那群姿态各异的生物快步走去。

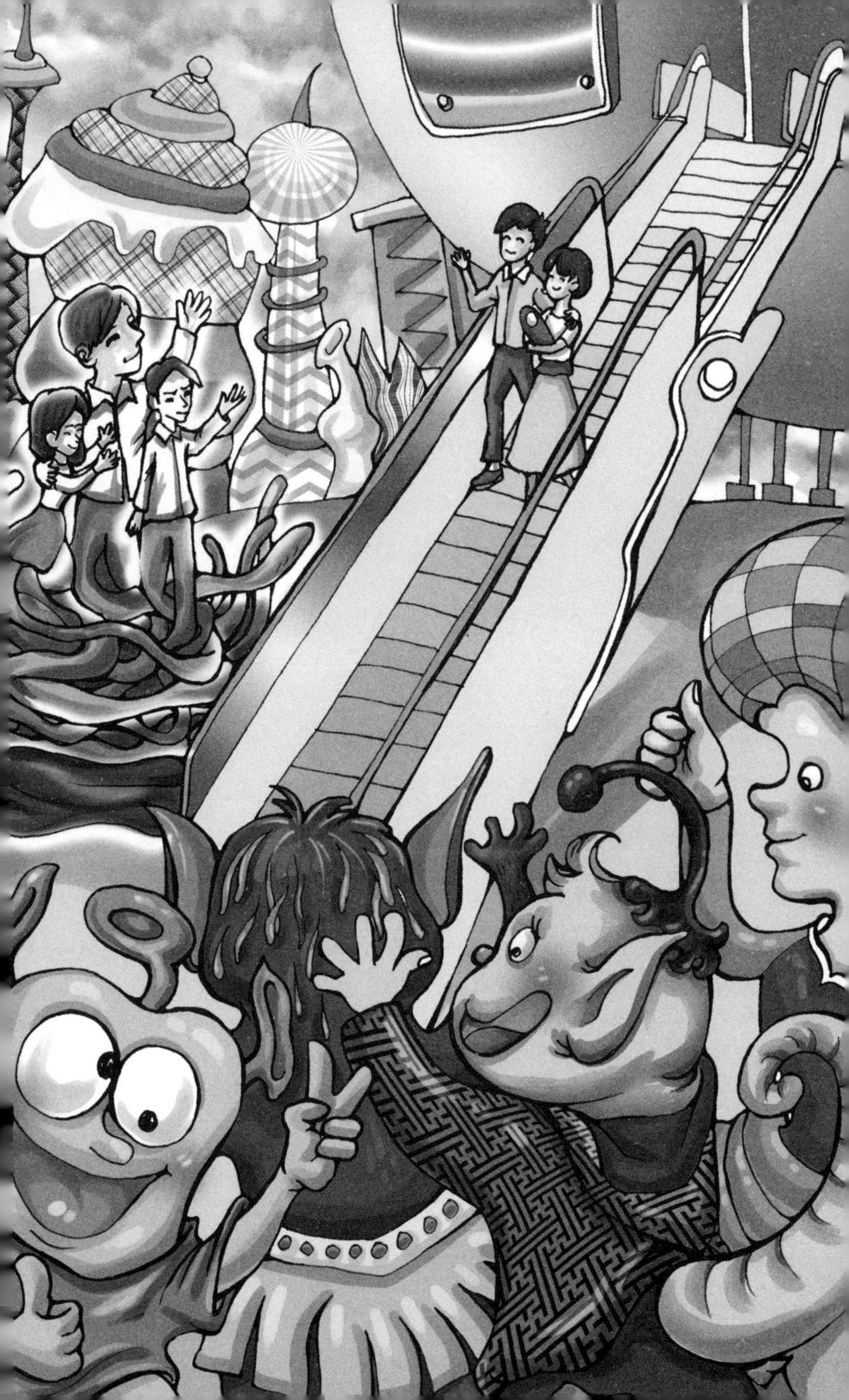

步 云 履

16年前的那个暑假,我随父亲遍游新疆。起因是在文联任职的父亲去乌鲁木齐开会,新疆一位好友为他安排了这次免费旅行。那时我还是一个14岁的黄毛丫头,新疆以它的浩瀚神秘、古朴苍凉,深深镌刻在我的心里。

我们游览了戈壁瀚海,那儿黑色的石头一直铺到天际,几十只羊在石缝中艰难地寻找着草叶,听说放羊人常在这里捡到上好的蓝宝石;我们游览了火焰山,就是电影中唐僧师徒牵着白马走过的那道山梁,山上一片红色,寸草不生,几位维吾尔族老乡光着膀子埋在滚烫的砂子中,据说这样可以治病;我们游览了克拉玛依沙漠和塔克拉玛干大沙漠,这里是生命的禁区，没有一株草，没有一只动物（我们只在采油工的宿舍发现了一只迷路的野鸭）；我们还参观了沙漠边缘的胡杨林，这种树号称"活着一千年不死，死了一千年不倒，倒了一千年不朽"。如今由于地下水位的下降，不少胡杨林已完全干枯，虬曲的黑色树干伸向天空，形态十分狰狞。我们也品尝了吐鲁番的葡萄和杏干、库尔勒的香梨和巴达姆（一种美味的干果），购买了漂亮的维吾尔族小刀，刀把上镶着俄罗斯和吉尔吉斯的硬币。

不到新疆不知什么叫辽阔。在这儿，公路笔直笔直，一眼望不到边，路上车辆则相当稀少。当极目远眺时，由于视角的减小，远处的光线在路面上发生全反射，使人觉得远处的路面总是湿的，等汽车开近，路面却变干了。

这些经历足够我咀嚼一生了，更为难得的是在塔克拉玛干深处的一次奇遇。与以上的种种见闻相比，那次奇遇可以说接近神话了。

那次，库尔勒市文联的朋友安排爸爸参观沙漠深处的一处遗址，那时塔中公路还未完全通车，遗址离公路有近百公里路。塔里木油田的朋友很慷慨，借给我们一辆进口的尤尼莫克车，车身不长，但底盘很高，独立的螺旋弹簧悬挂，越野性能极佳。塔中公路像一把利剑劈开了沙海，公路两侧近百米的沙面上都埋着芦苇，形成一个个方格，方格田之外则是一排防风栅栏。据尤尼莫克的司机介绍，这是借鉴玉门铁路的办法，别看方法简单，但对于防止流沙掩埋路面非常有效。的确，我们一路上只发现极个别的路面上堆有流沙。

汽车下了公路后，我们才真正体会到了塔克拉玛干沙漠的凶恶。这是全世界最大的流动沙漠，风把沙面吹成一个个半月形的大沙丘，高达数百米。迎风的沙面还比较实，人可以在上面行走；但背风面的沙面很虚，踩下去可以埋住脚背。尤尼莫克在这儿真正显示了它的威风，无论在迎风面还是在背风面都如履平地。沙丘很陡，我们坐在车上，忽而仰面向上，忽而俯身向下，常常担心车辆会翻跟斗，不过它一直稳稳地行驶着。

司机是柯尔克兹族人，名字叫吐哈达洪，汉语说得很流利。不过，像所有新疆人一样，他说汉语时是大舌头，后舌音很重。凭着这种腔调，以后我可以很准确地认出新疆人和甘肃人。下午我们到达了那个遗址，不过至少对我来说，那是个很乏味的地方，与其说是城堡，不如说是农村。房屋仍然屹立着，墙壁是用芦苇编织再糊上河泥，胡杨木的粗糙桌面上放着一些粗制陶器，蜘蛛丝在微风中飘拂。据库尔勒市文联的同志说，这儿荒废已将近千年了，但由于气候干燥，遗物保存得非常完好。

下午4点钟，我们开始返回。这儿与内地有两个小时的时差，沙丘顶的太阳慢慢坠落下来，斜照着一望无际的黄色大漠，有一种苍凉古远的神韵。巨大的沙丘静静地蹲伏在四周，像一头头饱食而眠的天外巨兽。尤尼莫克开到一个沙丘顶上时，吐哈叔叔让我们下车，休息，解手。他吩咐道，解手时男的在车左边，女的在车右边，但切记不可走远。这儿曾有一位地质队员因为去沙丘后解手而迷路，就此失踪了，多天后地质队才找到他的尸体——坐在沙丘顶上，眼睛和五脏已被鸟儿啄光。

这个故事让我对大沙漠充满了敬畏。车上就我一个女的，爸爸再三嘱咐我不要跑远，我跑到车右边解了手。抬起头来，见又大又圆的红太阳正好坠落在沙丘顶上，洒下满天的金红。在金红色的光雨中，一个身穿长袍的身影戳在邻近沙丘顶上。我想自己是看错了，在这片生命禁区里不可能有人迹的，我揉揉眼睛，他仍然在那儿，一动不动，只有长袍的下摆在微风中飘动。

我踩着松软的沙面，急急跑回去告诉大人：你们看，那儿有一个人！那座沙丘顶上有一个人！顺着我的指引，爸爸首先看到了那个身影。他疑惑地对司机说，真的，有一个人，不知是不是活人？吐哈叔叔惊疑地自语着：这儿怎么会有人？这儿是绝无人烟的呀。他用手围成喇叭大声呼喊：

115

"喂——朋友——你从哪儿来——"

没有回音。那个身影仍一动不动地戳在那儿。司机招呼我们快上车,说咱们赶紧去接他!这儿离公路还有80多公里,迷路是很危险的。尤尼莫克掉转车头,向那座沙丘爬去,车辆开过去时,那个身影始终僵立如石像。尤尼莫克爬到沙丘顶,全车人都跳下车,把那人围住。他穿着破烂的维族长袍,里面是汉族服装,满脸络腮胡子,头发又长又乱,风尘满面,目光冷漠,两道眉毛离得很近。他打着赤脚——不,不是赤脚,他穿着鞋子,鞋子的质料又薄又柔,紧紧箍出足部的外形。看着我们走近,他仍一动不动,连眼珠都不转动。不过从他湛然有神的瞳仁看,他显然是一个活人。

吐哈叔叔用汉语问他:"你从哪儿来?是什么地方的?是不是迷路了?请跟我们一块儿回去吧,在这儿迷路是非常危险的。"那人凝望着远处,只是微微摇头。吐哈叔叔又用维语和柯尔克孜语问了一遍,仍无反应。司机困惑地转头看着爸爸,说:"他为什么不回答?他的摇头是表示听不懂、听不见(聋子),还是不跟我们走?"爸爸也走上前,柔声细语地劝他:"跟我们走吧,出了沙漠再找你的家。"但对方一直不言不语。

不知为什么,一见到这个人,我就有很深的好感。我猜想他一定是个道德高洁的隐士,隐居在大漠深处的某个绿洲里。我走上前,拉着他的手,好声好语地劝他:"大胡子爷爷,

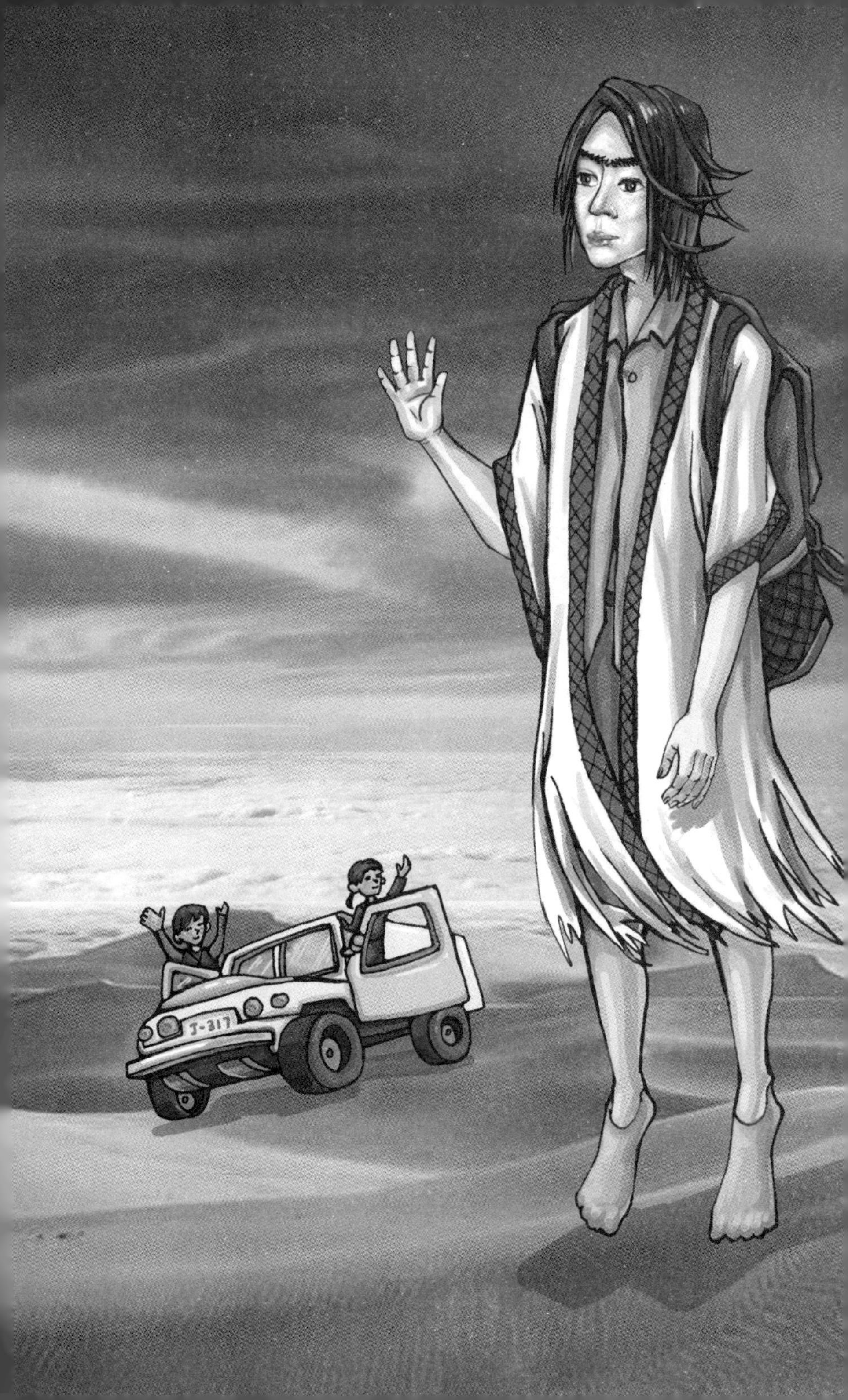
J-317

一个人在这儿很危险的，前不久一个地质队员迷路，饿死在沙丘上，五脏六腑都让飞鸟掏光啦。大胡子爷爷，跟我们走吧，要不，你说出你住哪儿，让吐哈叔叔送你回去？"

这人仍不言不语，但他的目光总算从远处收回来，看着我，再次微微摇头。所有人都来劝他，都引不起任何反应。我们口干舌燥地劝了半天，只好认输，摇头叹气地回到车上，准备离开。

尤尼莫克已经松了手刹，我扭头看看那个木立在夕阳中的身影，只觉胸中酸苦，像是塞了一团柔韧的东西。这个人是不是聋子？精神病？反正我知道，我们一走，他很可能饿死渴死，让飞鸟啄去眼睛。我忽然拉开车门跳下去，带着哭声喊：

"大胡子爷爷，快跟我们走吧，要不你会死的！"

大胡子被我的情意感动，向我俯下身。他忽然开口讲话了，是标准的北京口音，声音很轻，说得也很慢：

"谢谢你，小姑娘。不要为我担心。"他的嘴角甚至绽出一丝微笑："我不坐车。它太慢。"

原来他既不是聋子，也不是哑巴。他慈爱地看着我，挥手示意我回到车上。我不懂得他说"汽车太慢"是什么意思，劝不动他，只好一步三回头地回到车上。爸爸立即拉住我问：

"他是不是在同你说话？他说了什么？"

我困惑地说："他说不让我为他担心，他说他不坐汽车，因为汽车太慢。"

"他……是个精神病人？"

"不，不像。"

车上的人都十分困惑。当然，尤尼莫克在如此崎岖的沙山上行驶，速度不是太快，但无论如何要远远超过人的步行速度呀。何况，这个男人显然是汉族人，不是土生土长的维族人，他怎么会一个人到沙漠中去？

在纷纷议论声中，汽车开行了，我趴在窗玻璃上，死死地盯着那个身影。尤尼莫克爬过一道沙岭，那个身影消失了。不过我仍忍不住向侧后方观看。又爬过一道沙岭，忽然那个身影又出现在侧后方的沙丘上！我喊："爸爸，你看那人还跟在后边！"爸爸看到了，很纳闷地问："司机同志，咱们没有绕圈圈吧，怎么还能看到那人？"

司机也懵然不明所以。车辆又走了七八公里，爬过一道道沙丘，那个身影总是在消失片刻后又出现在邻近的沙丘顶上。这可是个稀罕事儿！司机脸白了，他知道在沙漠里很容易迷路，迷路的人，会一连数天绕着某一个中心转圈，不过这儿的路他很熟悉，怎么可能迷路呢？

暮色渐渐加重，但那个身影就像幽灵附身一样，不即不离地一直跟在身后。司机十分惊惧，不再说话，聚精会神地辨认方向。又走了十几公里，那个身影仍钉在后边。尤尼莫克爬上一个高大的沙丘，前边忽然出现了沙漠公路上的车辆灯光。司机长吁一口气，大声说：

"没有迷路嘛，已经交上公路了。我说咋能迷路呢，这趟路我走过十几个来回啦！"

可是，怎么解释那个身影一直钉在身后呢？一个在浮沙中艰难跋涉的人，绝对赶不上越野性能世界一流的尤尼莫克！我们不约而同向侧后方望去，那个身影已消失在夜色中。他的消失似乎解除了某种魔咒，车内的压抑气氛一扫而光，大家纷纷议论着，做着种种猜测。

很快就要上公路了。我仍呆呆地盯着窗外，期待那个身影重新出现，也对这位大胡子爷爷的身份做着最离奇的猜想。我想他可能是一位轻功超绝、游戏人生的大侠，就像盗帅楚留香或飞天蜘蛛一类的人物，他躲在大漠深处是为了练功，或是远离江湖恩怨，这都是武侠小说中常有的情节。听见爸爸笑道：

"云儿，有一点你肯定看错了，那人不是大胡子爷爷，连伯伯也不够格。别看胡子长，他其实很年轻的，大约二十六七岁吧。"

这时我忽然惊呆了：我在窗外的黑暗中又看到了那个身影！他正从沙丘上纵跃下来，一个纵跃就是百十米路程，很快纵落在车辆右侧。我听见一声轻笑,随之他又如飞向前掠去,长袍飘拂如大鸟的双翼,随后那个身影一闪而没。

我回过头呆望着爸爸:"爸爸,我又看见他了,他刚从汽车边掠过,飞到前边了!"

爸爸笑着看我,没有说话,他分明不相信我的话,把这看成一个小姑娘的幻想。但吐哈叔叔回头望望我,困惑地说:"我也似乎看到一个身影从车灯的光柱中闪过!"随后他自嘲地说:"肯定是看花眼了,没人能跑那么快,比黄羊还快呢。"

我固执地说:"爸爸,我没看错!我真的没看错!"一车人都笑我,爸爸也笑。他的笑是宽容的,分明是说:小丫头,在你这个年纪,常常把幻想和现实混淆起来呀。我生气了,扭转头不再理他们。我看着窗外,希望还能看到那个身影,但它自此消失了。

汽车上了公路,吐哈叔叔笑嘻嘻地说:"也许小云丫头没看错,也许那家伙是个外星人哩。"

爸爸笑道:"怎么又扯到外星人身上啦?"

"这倒不是我杜撰。这儿有一个传说,说几十年前有一艘外星飞船迫降在沙漠里,边防军以为是外国特务,派了两架直升机来搜捕。据说他们曾看见一个活着的外星人,长得很像地球人,在沙丘上纵跳如飞。但外星人随即被另一种外星寄生生命吞食掉了，边防军为了根除后患，就用火焰喷射器把寄生生物烧成了灰。这则消息是绝对保密的，一直到几十年后才慢慢传开。所以，"他开玩笑地说，"小云丫头见到的那个轻功大侠，说不定是外星人的后裔。"

"不会的，他说中国话！"我大声说。

一车人哄地笑了，爸爸也笑得前仰后合。邻座的杜伯伯逗我："外星人也可以学中国话嘛，何况他在这儿住了二十多年啦！"

我对大人这种态度非常生气。其实我只是词不达意罢了，我想说的是，他身上有纯粹的中国人的味儿，所以不是外星人。而大人们从不费心揣摩小孩子的话，反而轻易地把它化成玩笑。我恼怒地反驳：

"就算这次我看错了，那刚才呢？汽车走了二十多公里，那个身影却一直钉在后边，这是大家都看见的。这又该怎么说？"

我的诘问把大伙儿问哑了。一直到回到基地，这件事仍是一桩无头公案。而且，一直到十几年后，它还是我和爸爸经常争论的问题。

从那以后，16年过去了。时间是最强大的神灵，它可以违背你的意愿，随意删改你自己。少女时代的绯红色消褪了。

步云履

大学毕业后,我在家乡S市当了一名记者。这个职业倒符合我少年时的理想,但我学会了在某些时刻以沉默来面对人世的丑恶。还有,少女心目中的白马王子没有出现,相反,经历了一场失败的恋爱之后,我用厚厚的茧壳把自己包裹了起来。

16年前那次令人难忘的游历仍保存在我的记忆中,尤其是在大漠中与那位奇人的相遇。我曾多次向同学朋友们讲述这次奇遇,并同怀疑者(可恨的是,怀疑者总是占绝大多数)争得面红耳赤。不过,随着年龄渐增,当我知道"大侠""轻功"都是作家的杜撰之后,我慢慢地开始自我怀疑——也许我当时看到的并不是真的?也许我是把少女的幻想与现实混在一块儿了。

我没想到造化之神对我如此垂青,很快她就给我一个罕见的机会,让我确证那件事的真伪。

周末,爸爸打电话让我回家,我迟疑着没有答应。我怕爸妈又唠叨我的婚事,在他们看来,三十岁而未出嫁的姑娘是随时会爆炸的炸弹。爸爸知道我迟疑的原因,笑着说:

"不是为你的婚事,回来吧,我有一件大事同你商量。"

晚上,我买了爸妈爱吃的几样小菜,开上我的"都市贝贝",赶到爸妈住的公寓,乘电梯上到23层。进屋之后我就感到一种奇特的气氛:困惑,稍许的不安,掺杂着默默的喜

123

悦。爸妈手指相扣，并坐在沙发上，茶几上堆着厚厚一沓人民币，至少有七八万吧。我惊奇地说：怎么啦？提前给我分遗产啦？爸妈不安地微笑着，从茶几上拿起一张白纸，默默地递给我。白纸上用洒脱的字迹写着两行字。我扫了一眼，血液立即冲上头顶，因为信的内容太匪夷所思了！

秋水白先生：

　　你是我在S市光顾的第九家官员，也是其中最清贫的官员之一。我在这儿留下一点钱，不敢说是奖赏，只能说是飞贼的一点敬意。

　　务请把这些钱用于你的晚年，不要辜负我的心意。

步云飞敬上

我震惊地瞪着父母，从他们的表情看出这不是玩笑。"是真的？这位侠盗是什么时候来的？"

"就是昨天晚上，从客厅这扇窗户里进来的。我们都睡熟了，一点儿动静也没听到。他在这儿搜查得非常彻底，你看，把我们的存折都扒出来啦。"

一份存折也在桌子上，躺在那沓人民币的旁边。那是爸妈一生的积蓄，他们看得很重的，为了防止丢失，常把存折藏在壁灯的灯罩里，想不到这么巧妙的藏物地点也被发现了。

我走近窗户，探头向外看，23层楼的高度使人头晕目眩，墙壁笔直光滑，连耗子也无处立足。这名飞贼竟然从这儿爬上来，真是不可思议。

我处于震惊之中，很长时间不能平静。作为记者，我已经看尽世间百态，在拜金主义泛滥的社会，很难想象还有这么一位嫉恶如仇的侠盗。我不由地对他产生深深的感激——想来父母也是如此吧。父亲是S市文联主席，职务不低，但实权不多。不过尽管这儿属于清水衙门，凭他的资历和交游，满可以替自己谋些好处的，但父亲不屑为此，一生两袖清风，仅有的积蓄是为母亲（她未入医保）攒的几个药钱。在当今世上，廉正常常成了无能的代名词，没想到，父亲做人的价值在他即将退休时以这么一种形式得到肯定。

我问父亲："这笔钱你想怎么处理？"

"我唤你来，就是要商量这件事。"

"你当然不会花这笔钱。"

"当然不会。不过……"

妈妈插进来解释："你爸爸多少有点犹豫，他怕处理不当会伤了那名侠盗的心。这种心理很好笑的，是不是？不过这确实是他的担心，再者，他也不想给人造成沽名钓誉的印象。"

爸爸一挥手："这些比较纡曲的心思就不说了。我只是不知道这些钱按程序该交给谁,是反贪局还是公安局,因为它既不是贿赂又不算贼赃。"

我笑道:"你是第九名被盗者,是最清贫者之一。那么,其他的八名呢?其他那些不清贫者呢?"

"不知道,不过听说最近反贪局立案审查了几名处级以上官员,不知与此有没有关系。"

"偷得好,最好偷它个天翻地覆!那些用正常法律手段治不住的贪官,就该有一位侠盗去整一整!"我解气地说,"至于这笔钱如何处理,"我沉吟着,"不妨请教一下冀大头,你们还记得他吗?我的高中同学,现在是一级警司,市公安局刑侦大队队长。"

我拨通冀的电话,老同学不必客套,我直接问他这会儿有没有空,若有空速来我爸这儿,有事相商。冀大头(实际他的头并不大,但中学生起绰号是不讲道理的)说:"秋天云小姐难得央我,还不屁颠屁颠地跑去?等着,我马上就到。"

很快,从高楼上遥望到警用摩托的灯光,5分钟后,冀大头敲门进来。他第一眼也是看到了茶几上的现金,大惊小怪地说:

"伯父伯母给小云准备的嫁妆?早知道我就不结婚啦!"

我立时沉下脸,这玩笑对一位老姑娘太刺耳了!冀大头也意识到了这一点,嘿嘿地干笑着,用闲话掩饰过去。然后

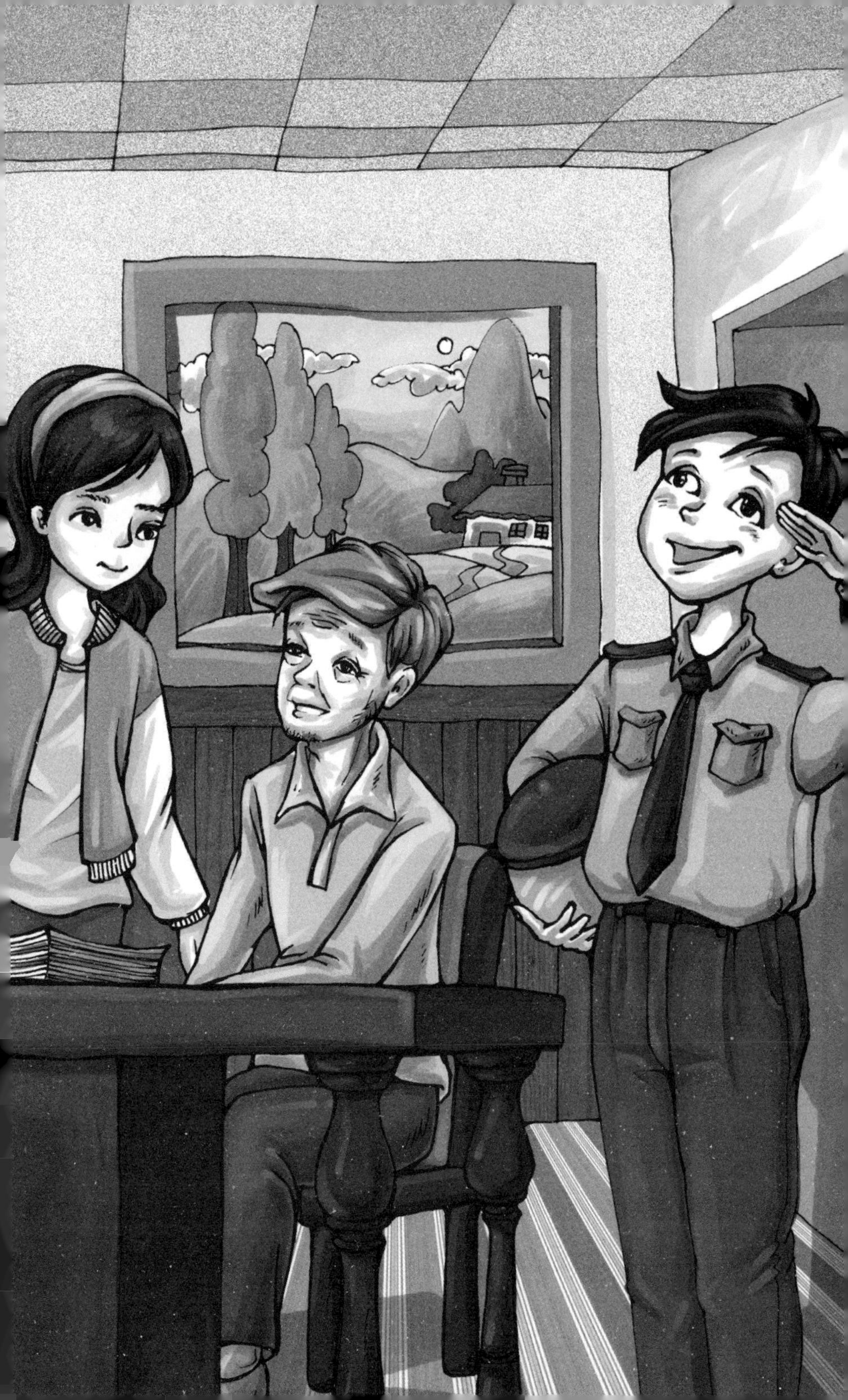

我们开始正题，听了爸爸的介绍，冀大头沉吟着，到窗边看看外面的环境，回头说：

"这个飞贼真厉害！"他迟疑片刻，"在老同学这儿，我就犯点纪律吧。你们是否听说S市最近出了一个飞贼？"

我们都摇摇头。

"你们的消息太闭塞啦，这名飞贼的'事迹'已经慢慢传开了。他确实在本市偷了8家官员，因为每次盗窃后他就给公安局寄来一份清单，开列了他所盗窃的现金、存折、珠宝的价值，并且声言，只要被盗者能说明这些钱财的出处，他马上投案自首。"

我冷笑道："不用说，那些人是说不清的。"

"何止说不清！不少失主矢口否认家中被盗，声言家中从来没有这些钱财。也有忸忸怩怩承认的，你真该去看看他们当时的丑态！这飞贼寄来的材料我们全都转给反贪局了。"

爸爸笑问："有没有像我这样受到奖赏的？"

"有。有时这位大盗会给公安局送来一封短柬，说今日光顾某某官员家，未发现有超出其工资收入的钱财，谨表示钦敬。随后被光顾者会通知公安局或反贪局，说有人在他家留下奖金，就像你一样。"

"飞贼偷走的钱财呢？"

"他在信中声言，要将其用到正当的目的。也确实发现一些山村小学、下岗工人收到匿名的馈赠,但这些是不是赃款的全部——不知道。"

我笑嘻嘻地说:"我怎么觉得,这位飞贼蛮可爱呢。"

"这位大盗行窃有一个特点:最爱光顾高层住宅,至少也是5层以上的住宅。据少数目击者说,他身轻如燕,向高层楼房攀登时,只用按一下窗台,身体就能上升几十米。简直神了!"

爸爸笑着摇头:"一定是民间传说中善意的夸大吧。"

不知怎的,我忽然想起16年前在大漠深处的奇遇,想起尤尼莫克甩不掉的那个身影,想起夕阳中的纵跃如飞……冀大头显然也回忆到同样的内容,笑嘻嘻地对爸爸说:

"上中学时,天云常常吹嘘她在沙漠中遇到的奇人,大伙儿笑她是白日做梦。不过,也许这是真的?也许天云见过的那位大侠就是今天这位侠盗?"

爸爸问他,这笔"奖金"如何处理,冀大头说:"交反贪局吧,交他们比较对路。其实干嘛交呢?"他开玩笑,"你一生廉洁,这是你应得的奖赏呀!"

爸爸黯然摇头:"其实我不配的,我虽然从未贪污受贿,但我酷爱旅游,都是朋友免费为我安排的。严格说来,这也是贪污。"也许他感到自己的话太沉重,便转了话头:"这位飞贼作了八次案,公安局没采取什么措施吗?"

129

"当然采取了，不过，在老同学家里我不说假话，"他狡黠地笑着，"其实公安们一直在磨洋工。有些贪官隐藏得很深，用正常的法律手段难以揪出来，有这么一位侠盗帮忙，未尝不是好事。当然，这种话是上不得台面的，不管怎么说，他也是一名盗贼，触犯了刑律，早晚要把他逮住。"

他俩在闲聊时，我一直在紧张地动着心思。这时我说："冀大头，再求你一件事，你可一定要答应。"

"说吧，只要不让我犯法。"

"你刚才说已对这名飞贼采取了措施，对不？我想参加你们的破案，做一名'战地'记者，进行同步采访。我想这桩案子一旦告破，肯定是非常轰动的。我一定用我的生花妙笔把你塑造成智勇双全的英雄。"

"得了吧，恐怕你对那位侠盗最感兴趣，你的妙笔是想在他身上生花，对吧？"

我笑着承认了："当然，那是个很大的新闻点，但你也会因他而扬名的，不是有一句老话嘛：秃子跟着月亮走——沾光。"

"好嘛，冀大头又变成冀秃子啦。"

"别抠字眼儿。用词不当，但用心绝对好。怎么样，你答应吗？"

"我给领导汇报后再说吧。秋伯伯，"他转向我爸爸，"说实话，我心里很矛盾。从心底讲，我不愿去逮捕这名侠盗；但他接连作案九起，搅得S市人心惶惶，不把他缉拿归案，当警察的脸上无光啊。"

爸爸也无法帮他做出判断，只是再三告诫："抓捕时可不要伤了他啊！"冀大头说："放心吧，我们宁可让他逃走也不会开枪伤他的。"

几天后冀大头告诉我，公安局领导同意我做同步采访，条件是所有文章在发表前要经公安局批准，我爽快地答应了。他们还让冀大头详细询问了我在塔克拉玛干沙漠的奇遇，让我尽量回忆那个奇人的情况。这是第一次有人认真地对待我的那段经历，也许，公安局领导们开始相信轻功啦？

报社主编慷慨地给了我3个月的时间，说："只要你拿回来一篇独家的新闻报道！"自那以后，我常常与公安们泡在一起。这桩案子的侦破相当困难，虽然作案达9起，但那名飞贼没有留下任何脚印、指纹，没人见过他的面貌。冀大头只能在全市多撒一些便衣，并在官员比较集中的高层住宅楼房布下监视点，配备了望远镜、夜视镜和录像机。

我在其中一个小组内蹲点，成员有老齐、小黑、小刘和小王。他们对我倒是蛮欢迎的，在枯燥的守候中，在四个男人的世界中，增加一位女性无疑是一种调剂。我常常帮他们

131

做一些杂务,像打扫卫生啦,买早点啦,洗衣服啦,没多久,这四个人都成了我的"铁哥儿"们。

时间一天天过去了,这天我回报社述职,忽然接到小黑的电话:"秋姐,飞贼现身了!"

"真的?在哪儿?"我声音发颤地问。

"真的是飞贼!轻功极佳!他在攀登18层楼房时我们都看呆了!"小黑的语气中透出激动,"我们录下了他向楼上飞升的镜头,公安局正在观看,冀队长让你快去。"

我迅速赶到公安局会议室。屋内拉着厚厚的窗帘,正在播放飞贼的镜头,看来是刚开始。冀大头示意我在他身旁坐下。前边,公安局的四五个头头都聚精会神地盯着投影屏幕。录像不太连续,飞贼的身影突然之间出现在银幕上,是在一幢高层住宅的底部,这时,镜头有些摇动,聚焦也不太清晰,估计监视组的人此时正手忙脚乱在调整望远镜头。随之影像清晰了,飞贼也开始飞升,那是真正的飞升,他用手在窗台上轻轻一按,身影就"嗖"地窜出了摄像机的视野。镜头迅速向上拉,又捕捉到他的身影,他再度用手轻轻一按,身体又"嗖"地飞升。短短几十秒钟,已飞升到18层楼房。他贴在窗户上略略鼓捣一下,便拉开窗户闪身进去了。

会议室里寂无声息,人们都看呆了。如果不是亲眼所见,没人相信世上竟有这样的轻功!局长让把影片慢速重播,反复地重播。飞贼身材中等偏高，蒙着面，看不出面容和年龄，给人的感觉是一个中年男子。他的动作轻盈妙曼，潇洒灵动，比宇航员在月球上的纵跳还要轻灵。老公安们低声议论着："不可思议！真神了！"

仔细看着录像，我总有一种似曾相识的感觉。也许是那轻盈的身态使我瞬时上溯16年，想到了大漠中的奇遇。我对冀大头说：请他们把录像中的足部放大。足部放大了，似乎是赤脚，但仔细看是穿着鞋子，鞋很薄很柔，紧紧箍出脚的外形。我低声告诉冀大头：我在沙漠中遇到的那个奇人就穿这种鞋子！大头悄声问：你能记得准？这一问反倒让我犹豫了，我迟疑地说："我想我记得准，但……毕竟是16年前的事了。"

局长的耳朵很尖，听到了几排座位之外的低语，回头对我们说："秋记者有什么见解？大声说嘛。"

我脸红了，不好意思站起来回答，毕竟我的揣测太近神话。冀大头站起来，笑道："秋记者说，16年前她在沙漠中遇到的那个奇人就是穿的这种鞋子，不过她拿不准。"

局长沉吟一会儿，半开玩笑地询问："也许奥妙在鞋上？喂，如今科学这样发达，能不能造出这样的飞行鞋？"

片刻沉静之后，一个戴眼镜的男人说："绝不可能。从飞行原理上说，摆脱地球重力无非两个途径：一，用机翼或翅

133

膀在空气中产生升力；二，反向喷射以造成反冲力。这种小小的鞋子哪一条也达不到。"

冀大头悄悄告诉我，发言的是技术室的苏博士。局长微带嘲弄地说："我的博士先生呦，你这是逼我相信轻功？因为这名飞贼飞升的镜头明摆着嘛！这可不是电影特技，没有细钢索在上面拉他。"他沉下脸说，"一定是某种未知的科学手段！那两个途径说不通，你给我找出第三种解释！"

有人走进来，递给局长一封信，局长草草浏览后脱口骂道："混蛋！"他恨恨地说，"是飞贼的信，寄来了焦秘书长昨晚失窃财产的清单。有多少？咱们不吃不喝，十辈子也攒不到！"进来的那个人轻声问了句什么，局长怒声说："立即转反贪局，所有人一视同仁！"

会议室静默着，但人们都在目光中交换着笑容。局长察觉到了："你们都很钦佩这名飞贼，巴不得他多偷几家，是不是？"人们笑着，没吭声，冀大头大声说：

"是！"

人们哄地笑了，局长也笑了，但旋即认真地说："不过飞贼还是要抓的，别忘了咱是公安。让他在Ｓ市为所欲为，当公安的也太没面子啦。"

散会后，冀大头拉我坐上他的警用三轮摩托："例行程序,对失主调查取证。你也去吧,看看秘书长大人的嘴脸。"他幸灾乐祸地说。

焦秘书长在办公室里接见了我俩。一张巨大的台湾红木办公桌,桌上放着文件夹、白铜镇纸、白铜笔筒和两面夹叉的小红旗。我们坐在沙发里,等秘书长处理完政务。一个个工作人员聆听指示后悄悄退出去。秘书长戴着金边眼镜,衣着得体,不苟言笑,不过他的目光深处分明有一丝恐慌。最后一名工作人员退出后,秘书长转向我们,亲切地说:

"二位有什么事要我做?"

冀大头毫不客气地掏出一只小录音机,摁下录音键,放在办公桌上:"我可以录音吗?"秘书长显然一愣,旋即神态恢复正常,点点头。冀大头开门见山地问:

"听说昨晚秘书长府上失窃了,丢失了很多贵重东西。是吧?"

"没有呀。"秘书长笑道,"再说,我家没有什么贵重东西。"

"是——吗?"冀大头拉长声音说:"那么这名飞贼寄来的清单肯定是无中生有了。我想也是嘛,秘书长一向清廉,怎么会有那么多金项链、金戒指、名烟、名酒和存款呢?"

秘书长目光中闪过一丝怒气,是恐惧夹着愤怒。无疑他感到恐慌,因为飞贼捅出的这个娄子看来难以捂住,但他还是不能忍受一个小警察对他的不敬。冀大头仍不放松他:

"按惯例，我们应到失主家现场勘察。请问可以吗？"

秘书长生硬地说："谢谢，但我家没有失窃，不用劳烦你们了。"

"好，那就免了。不过，我会派两名手下保护秘书长的住宅，直到反贪局接手。反贪局当然不会听任一个盗贼污蔑秘书长，他们一定会加快调查，还你清白的。再见。"

他伸手拿过录音机，转身走出秘书长的办公室。我傍着他下楼，一直似笑非笑地看着他。他奇怪地问："你贼兮兮地笑什么？"

"我高兴呀，10年前那个嫉恶如仇的冀大头还没有变。"

"当然不会变。你们这些记者老戴着眼罩看人，实际上这个世界上好人总是占大多数。"他显然想到了焦秘书长，粗鲁地骂道："这个王八蛋！大伙早就知道他不是东西，反贪局的老吕私下告诉我，他们早盯上他啦。"

傍晚，我开着"都市贝贝"离开监视点。这个监视点后天就要撤销了，因为飞贼来过一次后不大可能再来光顾。不过这不是撤退，是凯旋，因为他们已经取得重要的录像资料，老齐、小黑他们都乐得不知高低。

我在便宜坊停下车，这是一家低档饭店，不是北京的便宜坊烤鸭店。店里的家常饭很有特色，像羊肉汤面、八宝粥、刀削面，味道都不错，也很实惠。我是一个人独自生活，常在这儿打发晚饭。

我要了一杯饮料、两碟小菜、一碗羊肉刀削面，坐在角落里吃着，一边打量着店内的食客，这种打量是下意识的，是一个记者的职业性习惯。店内熙熙攘攘，座位很挤，服务员在人和椅子的缝隙中穿行。顾客大都是平头百姓，是拉板车的、小商小贩、工人和出租车司机，他们大都要的是大碗的面，稀里呼噜吃完，吃得喜气洋洋的。作为一名记者，我参加过不少盛宴，领教过山珍海味、羊鞭牛冲、蝎子王八……但只有在这儿，我才发现了吃饭的真谛，吃饭的乐趣。

我讥讽地想，那位有83条项链、54只戒指的焦秘书长，今晚怕不会吃得这么舒心吧。

就在这时我无意中看到"那个"人，一个四十一二岁的男人，衣着普通，脸颊上满是青色的胡茬，两道眉毛离得很近。他面前是一碗大号的羊肉泡馍，已经快吃完了。一看见他，我的意识便猛然抖动一下。后来我才知道，这种抖动是因为他唤醒了我的潜记忆：16年前大漠中的奇人，两道离得很近的眉毛，大胡子，公安局录像带上那张蒙着面纱的侧影……

当时我并没有意识到这些，只是感到莫名其妙的亢奋，有一种掉入时间隧道的感觉，有一种久违的酸酸的熟悉感。

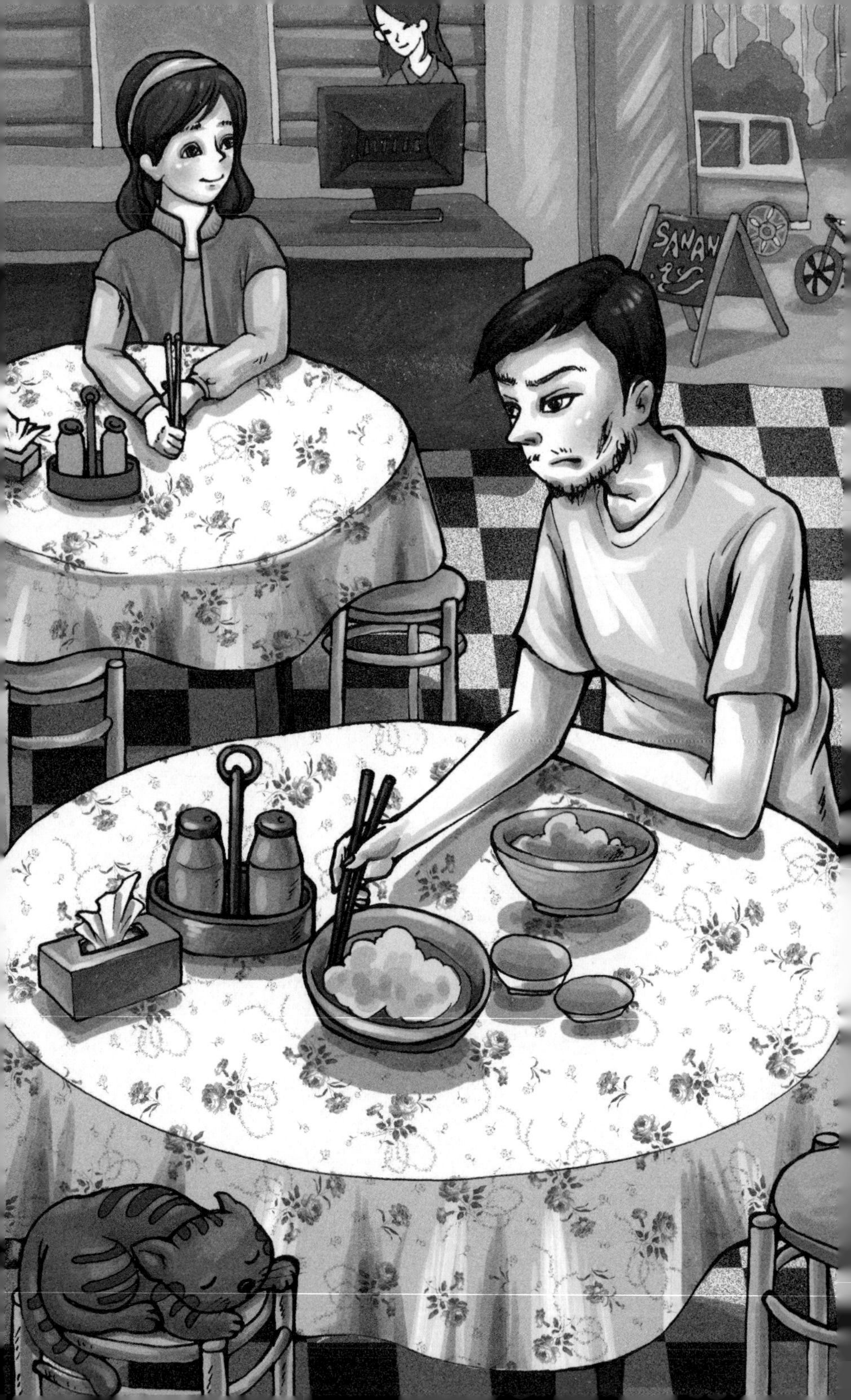
SANAN

那人虽然处于市井之中，但身上有种无形的冷峻气质，把他从凡俗的背景中凸现出来，隔离开来。我紧紧盯住他。他吃完了，起身往外走，两个冒失的中学生匆忙跑进来，一个男孩在椅子上绊了一下，撞到他身上，那个男子伸手扶住了男孩，自己的身体则瞬间横移两尺，没有与男孩撞在一起。

男孩嘿嘿笑着，说了一声"对不起"，跑去买饭了，那个男人走出门。店里的食客似乎都没注意到那人异常的敏捷，埋头忙于吃饭。但我的目光再也无法从那人身上移开，我丢下桌上的饭菜，悄悄跟了出去。

在傍晚的街道上，那人落寞地走着，步幅不大，但步态极为放松。我有一个强烈的感觉，他就像一只捕食前的猎豹，有意放慢步伐，但只要愿意，能在半秒钟之内恢复他惊人的速度。

16年前的那次奇遇慢慢浮出记忆的水面，我越看越觉得他像那位胡须满面、眉毛很近的奇人。我不相信有这么巧的事，也许是这几天我对破案过于投入，把自己的脑袋搅糊涂了？

我悄悄跟在后边，走过一条街。忽然有人惊呼，十几步外，一家商店的匾额正向下跌落，霓虹灯光碰碎了，爆出一串火花。下面有一对恋人，正偎依着观看橱窗，没注意到头顶的危险。行人的惊呼还没落，我前面的那个男人一纵而至，用手挡开下落的匾额，顺手扯断了匾额上挂着的电线，一言不发，转身离去。那对恋人还没弄清是怎么回事，傻傻地愣着。刚才惊呼的路人看到那人的身手，惊得大张着嘴巴。男人已走远了，我紧追几步截住他。他的脸上被划了一道小口子，袖子上落了一些灰尘，我惊问："你受伤了？"那人摸摸脸颊，冷漠地摇摇头，立即越过我走了。

我盯着他的背影，只有到这时，我才把刚才的情况在脑海中拼出来。匾额落下时，那个男人还在10米之外，他确实是一步跨越了10米。我仔细回忆着，确认自己当时没看错。

看来，上天真的把难得的机遇给了我：我前面这个男人，很可能就是飞天大盗步云飞，也很可能就是16年前我在大漠深处遇到的奇人。

可惜刚才我忘了观察他的鞋子。我紧追两步，但那人已拐进一幢高楼。我追过去，那人没乘电梯，打开人行梯的房门进去了。等我跟进去时，楼梯上已空无一人。我急急追了一层，仍然没有那人的踪影。

我立即退出大楼，飞跑到街对面，向上仰望着。依我的直觉，这名飞天侠盗如果住在这幢高楼里，一定会选择高层的楼房，那样比较安全。果然，片刻之后，很高的楼层上亮起一扇窗户，一个人影在窗帘处晃了一下。那是从上数的第二层，我数了数，自下而上是第18层。

那晚剩下的时间里，我努力查明了，刚才亮灯的单元是

1817号，又从楼房管理员那儿摸到一些情况。这是一幢商住楼，7层以下是写字间出租，7层以上是单元房。1817房住了一个单身男人，刚租房屋才半个月，租期半年。那人叫卜明，42岁，登记册上写的是从新疆来。

我没有惊动他，在1817号房门前踟蹰片刻，悄然离去。从那以后，这儿成了我的常来之地。我常在楼下仰望1817号的灯光，有时也上到18楼，悄悄打量着那扇永远关着的房门——房门后关着多少神奇啊。这一切我做得很小心，从没惊动这位奇人。而且，我对铁哥儿们冀大头也牢牢把守着这个秘密。

两天后的一个晚上，冀大头来我家闲聊。他说焦秘书长已经"进去"了，反贪局落实他贪了100多万，这个数目够他吃一颗枪子了。又说，对大盗步云飞的追捕之网正在拉紧，四面八方的压力太大，再不把他缉拿归案，公安局没办法交待。

我佯作无意地问他：侠盗步云飞的隐身之处找到了吗？他说还没有，不过警方又设了几处监视点，还备了直升机，准备在作案现场逮住他。我忙说：

"可不能开枪！不能打伤他。"

"放心吧，公安们心中都有杆秤。"

他的手机忽然响了，一个沙哑的嗓音喜不自禁地喊着："冀队长，我把他打伤了！我把飞贼打伤了！这会儿他掉到窗户外了,快让你的人抓住他!"

冀大头迟疑地问:"你是谁?"

"听不出来?"对方恶意地嘲弄,"老别,别主任。你派的人正在我家对面的楼上蹲坑嘛。妈的,自从老焦出事后,我找人在家埋伏了十几天才打到他!"

冀大头沉着脸问:"你哪来的枪支?你有持枪许可证吗?"

对方哑声笑起来:"冀大头,我有枪没枪关你屁事!"他狂妄地说,"有本事你随后到法院告我吧。闲话少说,快让你的人抓住飞贼,否则我告你内外勾结!"

对方挂了电话,冀大头没有耽误,随即拨通了监视点的电话。老齐愧然说,飞贼确实现身了,不过在现身时他们没发现,后来听到了枪声,又见一个人影飘飘摇摇地从10楼上掉下来,这会儿小黑他们三人已去搜捕。冀大头断然命令:

"不许朝他开枪,听见了吗?宁可让他跑掉也不准开枪。还有,若发现他受伤迅速送医院抢救。"

"知道,你放心吧!"

冀大头匆匆告辞,开上警用摩托走了。我没有跟他走,这回我另有打算。我开上都市贝贝,迅速赶往步云飞的隐身之处,把车停在街上的黑影里,一眼不眨地盯着1817号单元。屋里没开灯。少顷,一个身影忽然从空中出现,贴上1817号的窗户,很快闪进屋内,窗帘合上了,屋内亮起微弱的灯光。

我没有耽搁,立即进了大楼,乘电梯来到1817号房门前,轻轻地敲门:"步云飞先生,步大侠!"

没人应声,我坚决地敲下去,"步先生,我是来帮你的,我知道你受伤了,刚从窗户里进来。我是16年前在塔克拉玛干沙漠中与你邂逅的那个小女孩,你还记得我吗?"

也许是最后一句话打动了他,门开了。他没穿上衣,胸前血迹斑斑,桌上扔着纱布、绷带和药品。他神色疲惫,但目光仍十分锐利,冷静地盯着我,似在辨认我是不是16年前那个小女孩。我心疼地看着他的伤口,低声说:

"我来帮你包扎。"

我把他扶在椅子上。伤口不大,但位置十分凶险,就在左心室的上方,只要子弹往下几个毫米,也许他就没命了。我仔细检查,发现伤口是前后贯通的,子弹肯定没留在体内,这使我松了口气。我迅速止了血,撒上消炎粉,包扎好,又喂他吃了抗菌素。在我干这些事时,步云飞一直不声不响地打量着我,这时他说:

"16年前……"

我嫣然一笑:"16年前,塔克拉玛干沙漠一个沙丘顶上,我喊你胡子爷爷,劝你上车。你告诉我别担心,又说汽车走得太慢。后来,你在车后跟了二十多公里,对吗……两天前,你从便宜坊饭店出来,伸手挡住一块落下的匾额,那时我就认出你了。"

步云飞(这肯定不是他的真名)点点头,冷峻的面容上绽出一丝微笑。我扶他上床,脱下鞋子,柔声说:"你休息吧,我守着你。你放心,这个地方警察不知道。"

步云飞放心地闭上眼,他失血过多,精力损耗过甚,很快入睡。我坐在床头,带着柔情,看他连在一起的眉毛,刀劈斧削般的面庞,青色的络腮胡子,宽宽的肩膀和强壮的肌肉。我心情怡然,思维空空的只有一个感觉,那就是,能照顾他、保护他是极大的幸福。

我忽然瞥见他的袜子——不是袜子,是鞋子。刚才我已为他脱了鞋子,但这是第二层鞋子,质地又薄又柔,紧紧箍在脚上,就像是质地稍厚的弹力丝袜,只有鞋底较厚。这就是我16年前看到的那双鞋,是我在公安局录像带上看到的那双鞋。

镇静剂起作用了,步云飞睡得很熟。我站在他的脚头,内心紧张地斗争着。我已猜到,步云飞身轻如燕的奥妙就在这双鞋上——我回忆起刚才扶他走路时,他似乎没一点重量——我想把鞋子脱下,看看它到底是什么神奇玩意儿。但我知道这是步云飞的不传之秘,我的鲁莽也许会惹他翻脸的。

终于,可恶的好奇心占了上风。我悄悄脱下他的一只鞋子，放在桌上，再脱下另一只。转过头，我愣住了，我放在桌上的那只鞋子在半空中飘浮，稳稳地定在那里。我把第二只鞋子托在手上，轻轻抽回手，那只鞋子也稳稳停在那里。我轻轻按按它，鞋子下降到新的位置又稳住了。

两双鞋子在我眼前飘浮，完全违背了物理规律。太神奇了，我就像在梦中。我忽然蹲下，脱下自己的女式皮鞋，穿上这两只魔鞋。鞋子里还带着那个男人的体温，鞋的弹性很好，紧紧箍住我的纤足。我试探着站起身，立即觉得自己失去了重量，走一步，轻飘飘的。我试着跳了一次，"嗖"的一声，我的身体像火箭一样上升，"嘭"地撞到天花板上。我惊叫一声，身子倾斜了。这时，失去的重量似乎又回来了，至少是部分回来了，我从天花板那儿摔下去，跌得七荤八素。

我狼狈地坐起来，思索着刚才的经历。无疑，这是一双极为神奇的魔鞋，它能隔断地球的引力，不过只是在你身体直立时。如果身体倾斜，重力仍能部分作用到你的身上。

我小心地站起身，在地上行走和纵跃。这回我拿得很准，没让身体倾斜。我轻盈地升空，摸到天花板，又轻轻地落下来。很快我就掌握了魔鞋的诀窍，可以行走自如了。我走到窗前，按捺不住自己的愿望，真想跳到18层楼的空中去试一试。不过我毕竟还缺乏这样的胆量，再说，屋内还有一个伤员需要我照顾呢。

145

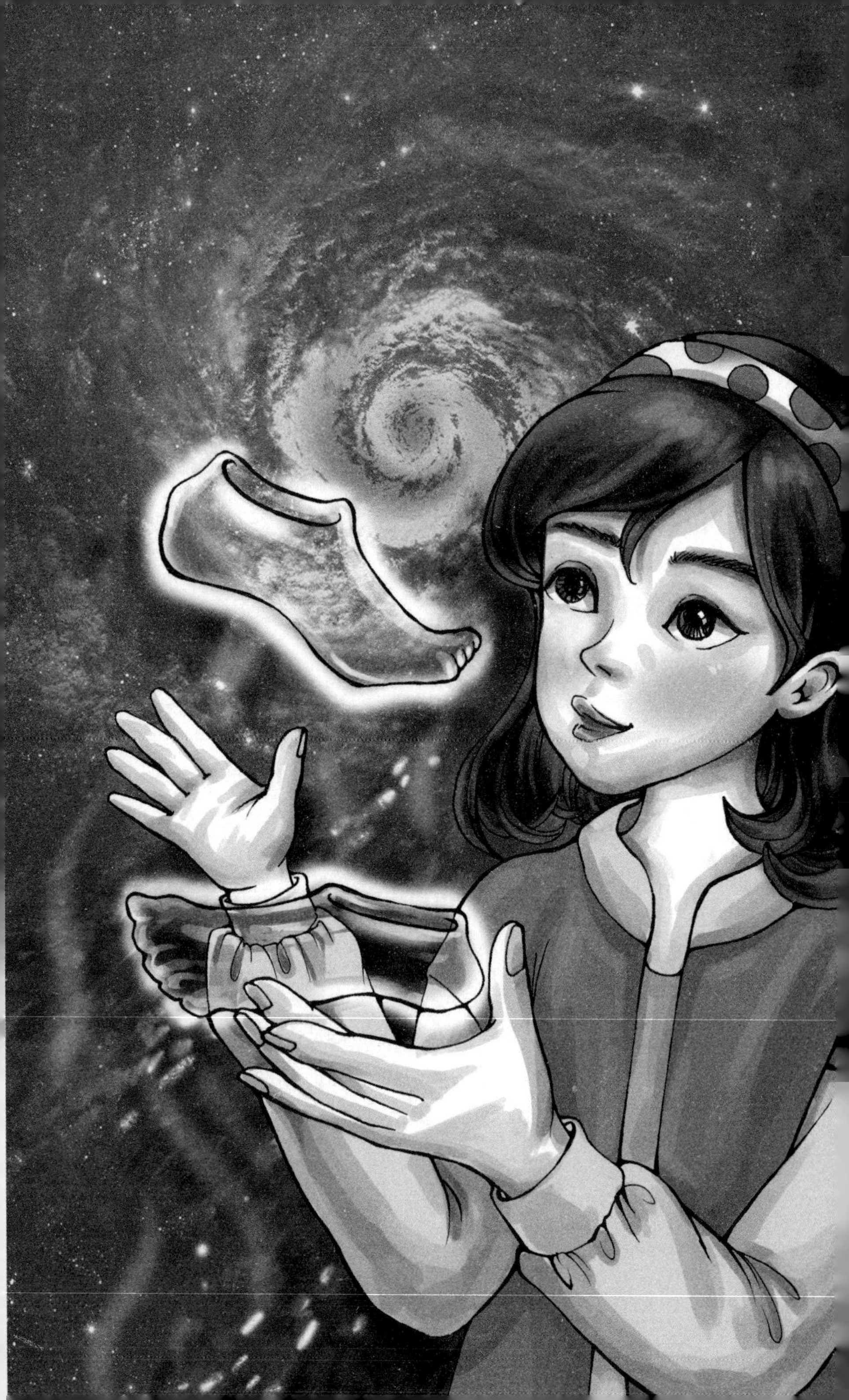

我脱下魔鞋,又轻轻地为他穿上。因为我知道,这个男人一定很看重这个秘密,如果醒来后发觉失去了魔鞋,他一定会发怒的。鞋子穿好了,他还没有醒来。我坐在床边,出神地端详着他。现在他的神奇已经部分褪色——他也是一个凡人啊,只不过有一双神奇的魔履而已——但我仍对他充满了景仰。他从哪儿得到的魔鞋?为什么偏偏是他有了这个不世奇遇?他在大漠深处的生活是怎么度过的?他为什么告别隐居生活?是仁者之爱使他愤然出世,行侠仗义除恶扬善吗?

我浮想联翩,几乎是下意识地俯下身去,吻在他的热唇上。

身下有动静把我惊醒,我发觉自己是伏在步云飞的胸膛上。我睡眼惺忪地抬起头,见步云飞正冷静地看着我。天光已经大亮。我脸红了,难为情地咕哝道:"昨晚我也太乏了,步先生,我为你准备早点吧。"

步云飞安静地看着我,忽然说:"为什么不喊我胡子爷爷呢?"

我红着脸没有答话,但心中甜甜的,这句话把两人之间的关系一下子拉近了。16年的缘分啊!我到厨房去做了早点,喊他吃饭时,很自然地改了称呼:

"云飞大哥,吃饭吧——不,你不要下床,就在床上吃。"

我说,吃完饭我就为你找医生,我知道你不会去医院,我要找一个能保密的熟医生。云飞大哥摇摇头说:"用不着,这点小伤我会抗过去的,你看我今天精神好多了。"我再三劝他,他一直不松口,我只好勉强顺从他,打算一会儿出去为他求药。

步云飞在床上吃完早饭,我一直坐在旁边,痴痴地看着他,他忽然说:"昨晚你曾脱下我的鞋子?"

我再度脸红,心想那时他原来没睡着啊,我十分狼狈,因为昨晚我的行为确实不像一个淑女。不过,看来云飞大哥并没有发怒,对我昨晚的小鬼祟很宽容。云飞大哥猜到我的心思,说:"昨晚,我确实睡熟了,可能你喂我吃的药中有镇静剂。不过,这双鞋已成我身体的一部分,熟睡中我也能随时感觉到它。"

我无法按捺自己的好奇心:"这双神奇的魔鞋……你从哪儿得到的?如果不方便说——你不要勉强。"

云飞大哥凝望着远处,很久才回答:"偶然的机会罢了。20年前我遭遇过人生的最大挫折,我那时年轻冲动,一怒之下,决定到沙漠中找一个绿洲终生隐居。我进了塔克拉玛干沙漠,遭遇到一场沙暴,几乎送了命。沙暴过后,就在我藏身的沙丘底部,有一双亮光闪闪的鞋子半埋在沙土中。它们是鞋底朝上埋着,等我把它拽出来,惊奇地发现它们能随意悬浮在空中……后来的事就不必细说了。我穿着这件绝世奇宝，在沙漠里游荡了十几年，后来我想，总该拿它为世人干点事情吧，于是我就离开了沙漠，在各个城市飘荡。"

"太不值得了！"我脱口而出。

云飞大哥扬起眉毛："你说什么？"

虽然从没想到我竟会批评自己极端景仰的大侠，但我仍说下去："太不值得了！你用这件奇宝去惩治贪官，那就像是用干将莫邪宝剑剁猪草。"我诚恳地说："当然你干的是好事，但那群蛆虫的存在是一种社会现象，不是一朝之间就能消除的，更不是一个人就能消除的。也不必对他们过于耿耿于怀，这些蛆虫绝不会长命的，很快，社会正义就会惩治他们。但你知道你所持有的是什么样的宝贝吗？"

云飞没答话，安静地等我说下去，我说：

"很显然，这双魔鞋能隔绝引力。要知道，引力是宇宙中最奇特的力，现代科学已把电磁力、强力、弱力都统一在一个公式中，唯独引力不肯就范。引力很微弱，只有电磁力的十亿分之一，但它是长程的，任何东西都不能隔断它，它会一点一滴累积起来，成为宇宙中最强大的力。它能造成空间畸变，甚至物质坍缩，那时连光线都逃不过它的吸引。"我再次强调："没有物质能隔断引力！世上有电的绝缘体、热的绝缘体，但没有任何东西能隔断引力。"

云飞平静地说："有——就是它。"

我喊道："所以它才越发珍贵嘛，它可能来源于一种全新的理论，可能来源于比我们先进十万年的科技社会。顺便问一句，你知道这双鞋的来历吗？你听没听过外星人来过沙漠的传说？"

云飞摇摇头，于是我向他转述了吐哈讲的传说，讲了那个纵跳如飞的外星人，他死于一种外星寄生生命，而这些寄生生命又被边防军烧死。"我本来并不相信这个传说，但看到这双魔鞋后，我想也许这是真的，也许那个外星人死后留下了他的'无重力飞行器。'"

"无重力飞行器？"他沉吟着，"你的猜测也许是对的。"

"你想想，如果地球科学家能得到这个样品，他们会多高兴，也许这件宝贝会使地球科学一下子飞跃一万年！飞机啦、火箭啦都会成为过时的废物，星际航行会变得比骑自行车还容易！"

显然我的话打动了他，但同样明显的是，他不会轻易放弃他的宝贝。他没再说话，疲倦地闭上了眼睛。

像所有单身男人一样，云飞大哥显然不善于照顾自己，冰箱里空空如也，厨房里只有一些方便食品。上午我出去采买，开门前我还在忖度，该如何向邻居解释自己的身份？但很快发现自己的担心是多余的。正所谓"小隐隐于山,大隐隐于市",云飞大哥把隐身之地选在这儿太聪明了。这儿的住户都是短期的,个个忙于商务。在楼道和电梯中无论碰见哪个人,都礼貌地点头招呼,但没有人做深一步的交谈。

我在步云飞的公寓里待了几天,白天照顾他,晚上蜷在沙发中睡觉。云飞话语极少,这肯定是多年独居养成的习惯。他与外界没任何交往,案头上放的电话机上积满灰尘,显然从未使用过。他常常眉峰微蹙,望着远处,目光的冷漠中透着几分孤凄,这份孤凄让人心疼。显然,我是多年来第一个走进他生活圈子的人。由于16年前那点特殊的缘分,他已建立起对我的完全信任——我偷偷脱掉他的魔鞋,他也没对我生疑。每当我在屋内忙碌时,他常常默默地注视着我,目光跟着我游动。

他的伤口恢复很快,最后一次换药时,我开始为将来考虑了。他已经不需要我的照顾,那么——我该怎么办?我会回报社上班,然后常来探望他。我将保留他的钥匙。可能某天开门进来时,会发现屋内空无一人,茶几上留着一个纸条:"天云小姐,我已经走了,天涯萍踪,永世无缘再见……"

想到这儿,我脱口喊出:"不!"我不能失去他!可是,我真的已下定决心跟他在一起吗?我甚至连他的真实姓名还不知道呢。步云飞听见我的低呼,扭回头,疑惑地看着我。

我的脸唰地红了，笨口拙舌地解释："没什么，我走神了。"步云飞安静地扭回头。

我告诉自己，不要犹豫了，实际上我已经不可能离开这个男人了，我想他也会喜悦地接纳我。现在只剩下一个问题，是我把他拴住——让他回到人类社会中过正常人的生活，还是他把我拴走——跟着他浪迹天涯？

几天没同冀大头通话，我想该给他打个电话了。我的手机早已没电，为了保密，我没有用屋内电话，走到街头打了电话。冀大头在那头大呼小叫地喊：

"我的大小姐，这两天你躲哪儿去了？你爸妈都快急死了，说你手机不接，家里电话不接，报社也不知道你的行踪。我还以为你被飞贼绑架走了，或者已经牺牲了呢。"

我知道自己这几天的行为反常，只好骗他："不是，有人介绍了一个朋友，谈得比较对路。"

"进展神速，对不？"冀大头在电话那头坏笑着，"什么时候发喜糖？"

我没心去解释，忙问："那边怎么样了？"

可能因为是在电话中交谈，冀大头含糊地说："没进展。那人失踪了，他肯定受了伤，在现场发现大量血迹，也可能他已经不在人世了。"

他的声音很沉闷，我只能轻描淡写地劝慰："不会的，他不会这么容易就送命的。那个姓别的什么主任呢？"

冀大头恼火地说："那个坏蛋！他确实能量很大，对他的非法持枪我只能短期拘留，现在已放了。切，他还是狂得很，到处吹嘘他打伤飞贼的功劳，好像成了除暴安良的英雄！"

"好啦，我还有事，下次再聊吧。"

冀大头奇怪地说："怎么，你对采访不感兴趣啦？"

"哪能呢？忙过这两天我会去找你的。再见。"

回到1817号房，打开门，见云飞自己下床了，独坐在窗前。我说："云飞大哥，你的身体还很弱，怎么起床了呢？"他说："不要紧。我已经基本恢复了。我想洗澡。"我迟疑片刻，说："好吧，伤口已经结痂了。"我到卫生间为他调好热水，准备好毛巾、沐浴液，出来又为他找了换洗的衣服。我说："让我照顾你洗吧——你可以把我看成你的护士。"

"不，谢谢，我能行。"

我没有勉强他，说："那好，你把外衣脱在外边。"

我服侍他脱下外衣，脱下魔鞋，送他进卫生间。水声在屋内哗哗地响着，我捧着那双魔鞋出神地端详。它的质地像是皮革，但显然又是金属，手感柔润，锃光明亮。当我把魔鞋倒放时，它显出相当的分量，至少有七八双皮鞋那么重，但平放后重量在刹那间消失。我再度在心中赞叹，这双魔鞋太神了！真该把它交给科学家啊。

卫生间门开了！步云飞裹着浴巾走出来，浑身热腾腾的。我帮他穿好衣服。洗澡洗去了他的病相，他显得轩昂深沉、英姿飞扬。他忽然捉住我的手——这是几天来他第一次主动的接触——低声说：

"天云，请坐下，我有话对你说。"

我顺从地坐下，心头怦怦地跳着。

"天云，我的伤好了，我该走了。"

我幽幽地说："我知道，我猜出你要同我告别。但是，你不能留下么？为我留下？"

他歉然说："老树不能移栽。我已习惯了漂泊生活，让我扎下根一辈子不挪窝，我会闷坏的。"

"那么，我跟你走，跟你到天涯海角！"

他定定地看着我，轻轻摇头："不行，你不会习惯这种生活，很快你就会厌倦的，再说也太危险。还是让我们告别吧，以后，有机会我会来看你的。"

我凄然说："不必安慰我，我知道你一走就不会回头了。不必多说，让我陪你这最后一夜吧。"

我安顿他睡下，又把沙发上的枕头和毛巾被搬到他的床上。

一夜缱绻，我在他的怀中入睡了。凌晨醒来，看见他在醒着,目光如冬夜中的火炭。我吻吻他,柔声问:"你在想什么?"

云飞没有回答我,只是胳臂加大了力度,紧紧拥住我。良久,他忽然问道:"真像你说的,魔鞋对科学家很重要吗?"

"当然!它一定会帮助科学家打开重重铁门,我想它的重要性不亚于普罗米修斯为人类盗来的天火。"

他歉然说:"它已成了我身体的一部分,我离不开它。"

我柔声说:"我知道,我不会勉强你。"

他低头吻吻我:"睡吧,天还早,睡吧。"

我真的睡了。这一觉一直睡得天光大亮,是云飞把我推醒的。他斜倚在床背上,用手指轻抚着我的脸,看他的表情,显然已做出了重大决定。他说:"云,我已经决定了,我在S市再多待一天,你带着这双鞋子去找一位顶尖科学家,问问他的意见。以后究竟怎么办——再说吧。"

我乐坏了:"真的?你太慷慨了!我知道这个决定对你是多么不容易。20年来,你恐怕从未和魔鞋分开过吧。云飞,你放心,我一定会在晚上6点之前赶回来,原物璧还。你真的相信我吗?"

我高兴得说话颠三倒四,云飞笑微微地看着我,忽然冒出一句:"可惜只有一双魔鞋。"

我知道他的意思,他是想和我一块儿行走江湖,双飞双栖呀。我把他的脑袋搂到胸前,泪珠痛痛快快地滚下来。

我没有耽搁,立即开上我的"都市贝贝"赶往西京大学,那儿有一位全国闻名的材料专家苏教授,我采访过他,是一位正直睿智、脾气稍稍古怪的老人。苏教授在他的实验室里,还没开始工作。我闯进去,关上房门,直截了当地说:

"苏教授,我给你带来一件宝贝,你见到它一定会喜出望外。不过我有三个条件:第一,今天让所有工作人员放假,只允许你一人研究它;第二,绝不许损坏原件;第三,今天5点之前一定还给我,并终生保守秘密。你答应吗?"

他狐疑地看着我,也许他认为这个年轻女记者有点疯癫,但他终于做出决断,断然说:

"我答应。"

"你要起誓!"

老头勃然作色:"我的答话就是誓言!"

这句话反倒让我对他完全信服了。我说好吧,现在请你清场吧。苏教授喊来助手,宣布放假一天,让人员赶快离开实验室。助手狐疑地打量着老头,打量着我,不过仍然执行了他的命令。一阵忙乱之后,偌大实验室里只剩下我们俩,我从贴身衣服里掏出那双魔鞋,玩了两个简单的戏法:先让鞋子在空中飘浮,又穿上鞋子纵身摸摸天花板。苏教授是行家里手,自然是一点就破,他死死盯着魔鞋——真该让云飞

大哥来看看他的馋相!——喃喃地自问自答:

"它能隔断重力?不可能!不可能!"

我笑嘻嘻地说:"它当然是可能的,因为它正在你眼前飘浮。"

"当然!当然!"他一把抢过魔鞋,"我要抓紧时间研究它,你请自便吧。"

他一头扎进仪器堆中,对鞋子作X光衍射、透视、金相观察以及种种我不大懂得的检查。有些机器难于一人操作,他只好请我做助手,但又忍不住厉颜厉色的训斥我,嫌我手脚太笨。一直到中午时,他才不再折腾我,一个人在显微镜前聚精会神地观察。我已经饥肠辘辘了,但估计这个主人不会为我准备午饭,就快步到街上买些小吃,又快步赶回来。我喊:"苏教授,吃过饭再工作吧。"苏教授不耐烦地喝道:"你自己吃吧,不要来打扰我!"

我不再打扰他,坐在角落里想自己的心思。我想,我和云飞之间的缘分真的就此割断?我不愿成为他的累赘,他的那句话已说得够清楚了:如果有两双魔鞋该多好!那样就会有一对轻功超绝的夫妻大侠并肩浪迹江湖,升天入地。可惜——只有一双。我知道他是野惯了的人,不愿勉强他为我剪去翅膀。

那么,我就揣好这份爱,守在S市耐心等他吧,也许当年纪老迈、白发苍苍时他想落叶归根,那时我将成为他的根……苏教授把我从冥冥中推醒,他满面疲色,表情严肃。

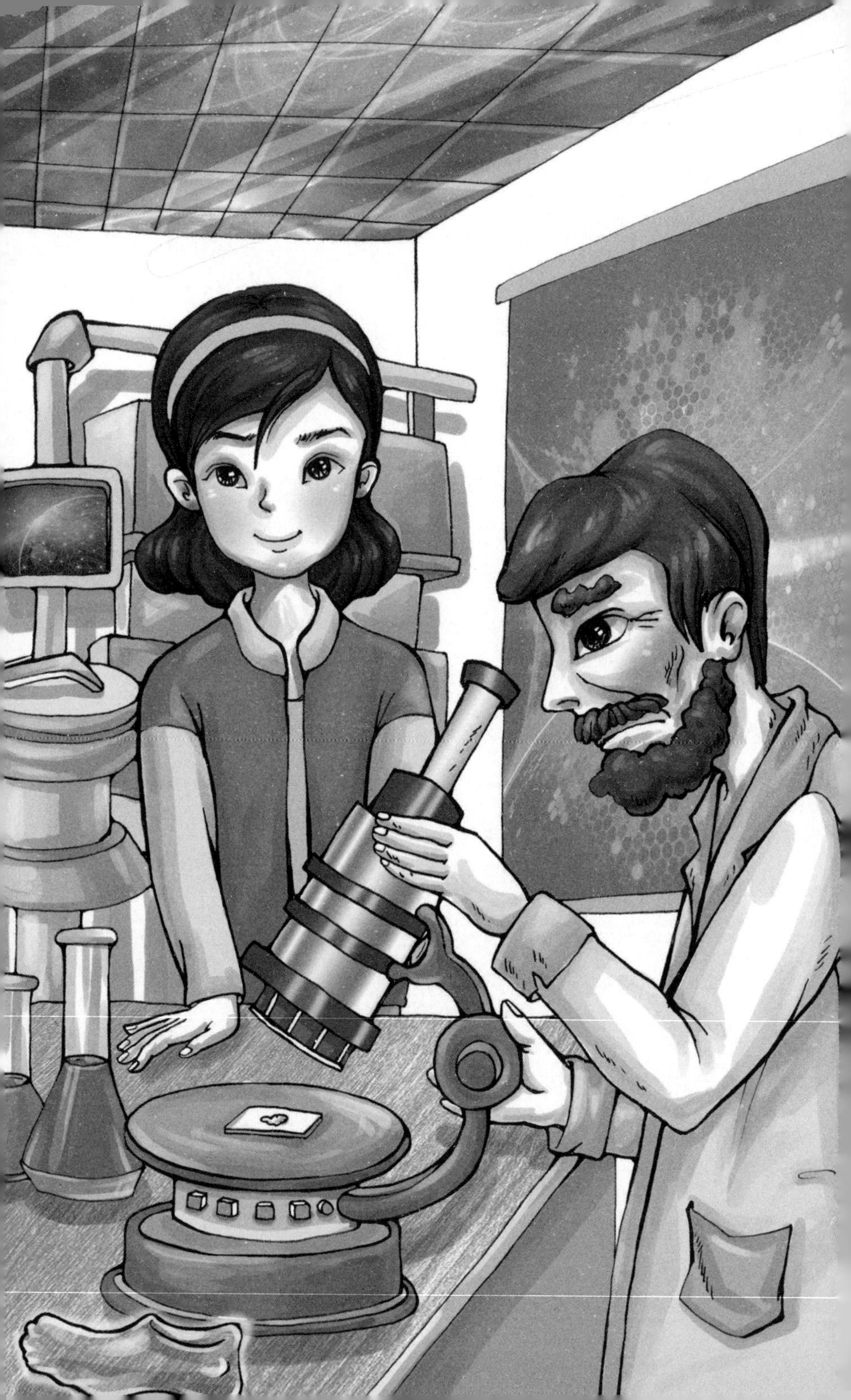

我小心地问：

"怎么样？"

他摇着白发苍苍的头说："毫无眉目！我只是弄清了，对引力起隔断作用的是鞋底夹层里一层5毫米的物质，但它不是人类所了解的任何物质，不是合金，不是有机物，不是纳米和微米材料……其实这个结果我早料到了，你一拿来我就料到了。"

"它——对科学有用吗？"

"当然有用！它是万年难逢的至宝。我不知道它的出处，但我相信它只能是高度发达的外星文明遗留在地球上的。不过——可能短期内无用，几百年几千年无用。你可以想象，如果把航天飞机交给鲁班，把电脑交给祖冲之，他们能从中得到什么裨益？科技水平的差异太远了！"

我失望地说："那么……"

他热切地说："也不能灰心！也许精诚所至，金石为开`。能把它留下吗？你应该把它留下，我会邀请全中国、全世界水平最高的专家来研究它，一代一代地研究它，相信总有一天，人类会破译它的奥秘。"

我歉然说："我知道你说得对，但我不能对它的主人失信。"我补充道，"不过我会再劝他公开这件宝物，我一定尽力劝他。"

已经快5点钟了，苏教授恋恋不舍地交还魔鞋，我真不忍心看他怅然若丧的样子。不过，为了对云飞守信，我还是离开了实验室。

把"都市贝贝"开到云飞住的大街,眼前的景象使我忽然一阵晕眩。五辆警车停在大楼下,一百多名武警虎视眈眈地守候着。天上传来隆隆声,一架直升机刚刚赶来,在街区上空盘旋。我的心掉进冰窖里,云飞已陷入重重包围,这都是因为我,他是为我晚走了一天,而且——他此时没穿魔鞋!我把"都市贝贝"停在警戒圈外,把魔鞋揣进内衣里,用力往里挤。警卫拦住我,但这当儿我看到了冀大头,便大声喊起来,冀大头走过来,把我拉进警戒圈内。

看来这是武警和公安的联合行动,冀大头显然是现场指挥。但指挥车旁有一位公鸭嗓在喊叫,而冀大头目光阴沉,怒气冲冲地瞪着那人。那人的嗓音很熟悉,我想起来,是那位自称别主任的狂妄家伙,他正在向战士鼓动:

"他一露头就开枪,不要犹豫!这是一名作案累累、恶贯满盈的飞贼,一定不能让他逃跑。听着,谁打死飞贼,我姓别的自掏腰包奖励 10 万元!谁要是徇情卖放,我一定让他蹲大狱!"

最后一句话显然是对冀大头说的。冀大头眼中冒火,却无可奈何,毕竟那人说步云飞是作案累累的飞贼,这一点没有说错。对步云飞的敬重和徇情是上不得台面的。场面闹哄哄的,看来进攻马上就要开始,我急急拉上冀大头向楼内跑:

"快让我进去,我去劝他出来投降!"

冀大头欣喜地说:"好,这是唯一可走的路!"

急迫间,我没有想到冀大头为什么会相信我能劝降。后来我才知道,正是我暴露了步云飞的行踪。我忽然匿踪七八天,引起冀大头的怀疑,因为他知道我不是做事虎头蛇尾的人,更不会为一个新结识的男朋友就把步云飞一案扔到脑后。唯一可能的是——那名男友就是步云飞本人。于是他查出我打电话的公用电话点,以此为突破,抽紧对步云飞的追捕之网。他没想到的是在逮捕行动中插进来姓别的这个家伙,看来这位别主任是决心把步云飞置于死地了。

大楼内各个楼层间都有战士在警戒,七楼以下的公司职员和七楼之上的住户都好奇地从门缝里观看。我们乘电梯赶到18层楼,这儿的战士和武警更多。冀大头喊:"让开,让开,让这位秋记者进去,她是同飞贼谈判的!"他拨开警卫,我掏出钥匙,哆哆嗦嗦地打开房门,飞快地闪身进屋,随手关上大门,上了锁。

云飞正叉着手在窗前观看,赤着脚。他回过头看着我——我真不敢直视他的眼神!那是无奈,是一头被困在铁笼的猎豹的无奈;也是苦楚,因为他信任的女人骗走他的宝鞋,又引来抓捕的警察。我一边从贴身衣服里掏出魔鞋,一边向他走去:

"云飞,不要用这样的目光看我。"我苦声说,泪珠淌满脸庞,"我不是那样的女人,我没有骗你。这是你的魔鞋,你快穿上它逃走吧。我为你挡住警察。"

步云飞脸膛一下子亮了!也许"我是清白的"这件事比他的生死更重要。他没有多说话,接过鞋子,迅速穿上。我焦灼地说:

"但你能跑掉吗?那么多支枪在下边瞄准着,还有直升机!"

我清楚魔鞋的法力是有限的,它只能隔断重力,并不能提供飞升的动力。穿上它只能"纵跳如飞",而不能真正飞翔。它怎么可能帮云飞逃脱铁桶般的包围呢?云飞没有丝毫惊慌,低头在鞋上摆弄片刻,抬头深情地说:

"秋天云,我永远记住你!"

他纵身跃上窗台,下边立即传来公鸭嗓的声音:"他已经出来啦!开枪!快开枪!"

步云飞长笑一声,双臂一振,像火箭一样倏然射进夜空!他飞得极快,直升机根本来不及做出反应。在飞升途中,他还好整以暇地拨了一下直升机的尾部,直升机在天上滴溜溜转起来,好久才重新控制好平衡。这时,步云飞已在夜空中彻底消失了。

楼下很静,没有枪声,没有喧嚣,人们可能都看呆了,我的惊疑也不在他们之下。显然,我对这双魔鞋的了解还远远不够,它的法力并不仅仅是"隔断重力",必要时它还能提供惊人的动力。对了，它一定能制造反重力，正是反重力助他快速升空的。

在这一刹那，我对步云飞的身份发生了怀疑，他是偶然拾到魔鞋吗？那他怎么可能知道魔鞋的第二层法力？也许他是一个取地球人形貌的外星人？不过我不大相信这一点，因为步云飞身上浸透地球人的爱憎。

不管怎样，他已经安全了。我打开房门，把冀大头放进来，一身轻松地说：

"跑了，步云飞真的飞上天啦！你看！"

我得意地指着窗外的夜空。冀大头一步窜过来，仰头看看夜空，对着步话机大声喊：

"飞贼已经逃入天空！谈判代表很安全，请直升机赶快搜索！"

步话机里传来直升机驾驶员气急败坏的声音："到哪儿搜索去！他飞得比炮弹还快，差点把我的尾翼撞掉！"

冀大头沉吟片刻，又同上层交换了意见，无奈地下令道："撤退！哼，今天的行动彻底失败了！"

不过，从他的脸上，并看不出什么失败的沮丧。

步云飞就这样失踪了。警方照例要开一个总结会，由于我是官方批准的现场记者，总结会也让我参加了。会上，冀大头做了检查，局长轻描淡写地批评了几句。倒是那位别主任不依不饶，跑到公安局来吵闹，说一定要"揪出与步云飞内外勾结"的人。局长把他软软地顶回去了。局长说，这次抓捕失败，我们有责任，但确实有客观原因。我们只知道这个飞贼有轻功（或者有一双魔鞋），谁料到他能像导弹一样升空？早知这样，我们就会通过外交部把美国的NMD（导弹防御系统）借来啦。不错，当时冀大头确实让一位秋记者越过封锁线去和飞贼谈判，这是我批准过的。为什么？因为这名飞贼是很特别的人物，他只偷贪官不偷百姓！当然，偷窃这件事仍是犯法的，但我们要尽量不伤及他的生命，因为反贪局需要他做证人呀。你想想，什么人才盼着他死呢？

别主任怒冲冲地走了。我看着他的背影，忍不住笑。这家伙恰恰不知道一个最关键的细节，否则他真能把我关进监狱里。这个细节就是：在包围圈形成时，步云飞并没有魔鞋，是我越过封锁及时把魔鞋送还给他。知道这一点的只有三个人：步云飞、我和苏教授，我相信苏教授绝不会告发我。冀大头狐疑地问：

"天云，你贼兮兮地笑什么？"

我忍着笑低声说："你甭问——我是为你好。知情不报是包庇罪，所以你还是不知道为好。"

冀大头真的不问了。

不过，这位别主任从此没再来闹腾。原因很简单：他"进去"了。说来也是该着出事，别主任的司机是公安上挂着号的人，经常闹点小漏子。这一回他竟然胆大包天，开着公家车辆在火车站骗了一个外地姑娘，拉到偏僻处强奸了。姑娘呼救，他情急中想杀人灭口，被巡警逮住了。过去这个司机进"局子"后，仗着自己后台硬，牛气得很。但这次他知道犯的是重罪，为了立功赎罪，立马把他知道的别主任的黑事倒了个一干二净。第二天，别主任就被"双规"了。

星期天回到家，爸妈还常提起那名飞贼。爸爸对他很感激的，因为自己一辈子做人的价值在飞贼这儿得到了肯定。他也很内疚，说他不配步云飞的尊敬，他要把这些年公费旅游的花费算一算，折成钱，捐给希望小学。我虽然觉得他太迂腐了点，但不想违逆老人的心，就没有说三道四。妈妈也说，遂老头的愿吧。

爸妈从此不再提我的婚事，也许，他们看出女儿对步云飞的心意？

主编很恼火，因为我没有写出那篇"独家报道"。我不想写，不想把那些只能放在心龛里的神圣之物抖给别人看。那次主编又来催逼我，我同他做了一番推心置腹的谈话。我毫不隐讳地谈了自己对步云飞的感情，甚至公开了我和他的私情。痛定才能思痛，对云飞的思恋日日加深。我哭得泪流满面，主编叹口气，从此不再逼我了。

苏教授经常同我通电话，他不提魔鞋，也不提步云飞，只是同我闲聊一阵。但我知道，在他内心深处，他对魔鞋的重新出现还抱着一线希望，或者说，他不愿放弃最后一线希望。当他第七次同我通话时，我内疚地说：

"苏教授，很抱歉我没能履行对你的许诺。看来步云飞和魔鞋都不会再出现了。"

老头沉默良久，动情地说："天云姑娘，不能再见到那件天下至宝，我真是死不瞑目啊！"

我也脱口喊出："苏伯伯，不能再见到步云飞，我也是死不瞑目啊！"

两人在电话中相对唏嘘。

晚上睡在床上，我常陷于追忆中。云飞的一个个镜头，如真实，如梦幻，在我眼前荡过：沙丘顶上那位须发纷乱的"胡子爷爷"；从沙丘上如大鹏展翅般向下纵跃；轻盈地向高楼飞升；两人的欢爱……严格来说，我对他还缺乏了解——我连他的真名实姓还不知道呢。唯一有把握的，是"大概"可以肯定他是地球人而不是外星人。虽然我们只有5天的相处，但我们相见如故，难道他能忘记S城一位叫秋天云的女人吗？可是，日子一天天过去了，他为什么连个电话也不给我打呢？

在焦渴的思念中，一年过去了。秋天的一个晚上，我又梦见步云飞。他从沙丘顶上纵跃而下，长袍在身后扑飞如翅。他悬停在我的床头，默默打量着我。我喊他，喊不出声音；伸手拉，但指尖总是差一点儿触不到他的手。我苦苦挣扎着，想摆脱梦魇……我醒了，看见一个男人的身影正向窗外飞出。我失口喊：云飞！赤足跳下床，从窗户向外看。外面风清如水，月白如银，一幢幢楼房没有一丝灯光，沉浸在夜的静谧中，哪儿有云飞的身影？我想自己是把梦境和真实混淆了，快快地回到床前。忽然，我的眼睛睁大了，床头柜上放着一双鞋！一双精致的、柔软的、亮光闪闪的魔鞋！而且毫无疑问它是真的，因为它并没实打实地放在柜上，而是在距柜顶两寸的地方悬空而停，停得十分稳，我扑过去时，带动的风使它微微晃动。我轻轻捉住它，捧在手里，不敢确认自己是否在梦中。随之我不再犹豫，匆匆穿上魔鞋——即使这是梦境，我也要抓紧机会见见我的云飞——纵身向窗外跳出。如果在平时，我绝不敢这样做的，因为我对魔鞋的性能并不深知，在我试穿的那一次，还从天花板上跌落下来呢。但此时半梦半真的感觉给了我勇气，根本没考虑危险，从5楼上纵身飞下。

魔鞋确实法力无比，我轻盈地纵下5楼，在地上轻轻一弹，又飞回到四五层楼的高度，我在纵跳中大声喊："云飞！云飞！你在哪儿？"没有回音，秋夜沉沉，万籁无声，月亮和星星冷静地俯视着尘世。

我在这一带漫无目的地纵跳着，嘶声喊着。纵跳中我逐渐掌握了魔鞋的性能，越纵越高。飞升中在楼房上稍一借力，就能做大角度的转向。我搜遍半个城市，见不到步云飞的踪影，只好怏怏地返回，仍从窗户纵入房中。周围的住户大概听到动静，几扇窗户亮了，有人探头向外查看。我倚在窗前，泪水无声地淌下来。现在，我已确认这不是梦境，但是——这是为什么？为什么云飞不愿见我？他给我留下了一双魔鞋，可他仍能从5楼纵下，瞬息而逝，这是否说明他另有一双魔鞋？

我的心阵阵作疼，我想起我们两人曾说过，如果有两双魔鞋该多好，那时我们就并肩行走江湖，双飞双栖，做一对神仙伴侣。现在——如果他真的有两双魔鞋，那他为什么躲避我？

百思无解啊。

我沉重地叹息一声，不再折磨自己了，云飞这样做总有他的道理，也许他本身是外星人，不能在地球长住；也许他另有难解的情孽……我只用记着我们之间的恩情就行了，毕竟他在离别前还专意来探望我，又为我留下这件天下至宝。

我擦干泪水，拨通了苏教授的电话。半夜接到我的电话，苏教授一定猜到了什么，他激动得语不成声：

"天云，你……有什么消息吗？"

"苏伯伯,步云飞来了,刚刚来过。他留下那双魔鞋,可他为什么不和我见面呢?"

我哭得噎住了,泪水汹涌。苏教授笨拙地安慰道:"天云,不要难过,他这样做一定有自己的原因。"他难为情地,又迫不及待地说:"那双魔鞋真的在你手里?能交给我研究吗?"

"当然,这是我的心愿,我想也是步云飞的心愿。"

"那好,我现在就去你家——你一定能理解我的急迫吧?"

"我能理解,不过你不用来,我穿着魔鞋,很快就会到你家的,你是住在8楼,对吧?你只用打开窗户,打开电灯就行了。"

我纵出窗外,在附近最后搜索一遍,仍没有云飞的身影,便向苏教授住宅的方向纵飞而去。我掠过平房,穿过楼群,劈开月光,追赶着秋风。脱离重力的自由感觉实在美妙,很快,纵飞的快乐赶走了我的悒郁。也许,云飞正在云层中悄悄地、欣慰地看着我?

我到了苏教授的住宅楼,8楼有三个窗户大开着,往外泻着雪亮的灯光,一个白发苍苍的头颅映在灯光里,正焦灼地探头观看。我轻盈地飞进去,脱下魔鞋,赤足立在冰凉的大理石地面上,捧着魔鞋递过去。老教授用颤抖的双手接过去,呆呆地看着它,忽然动情地哭了。

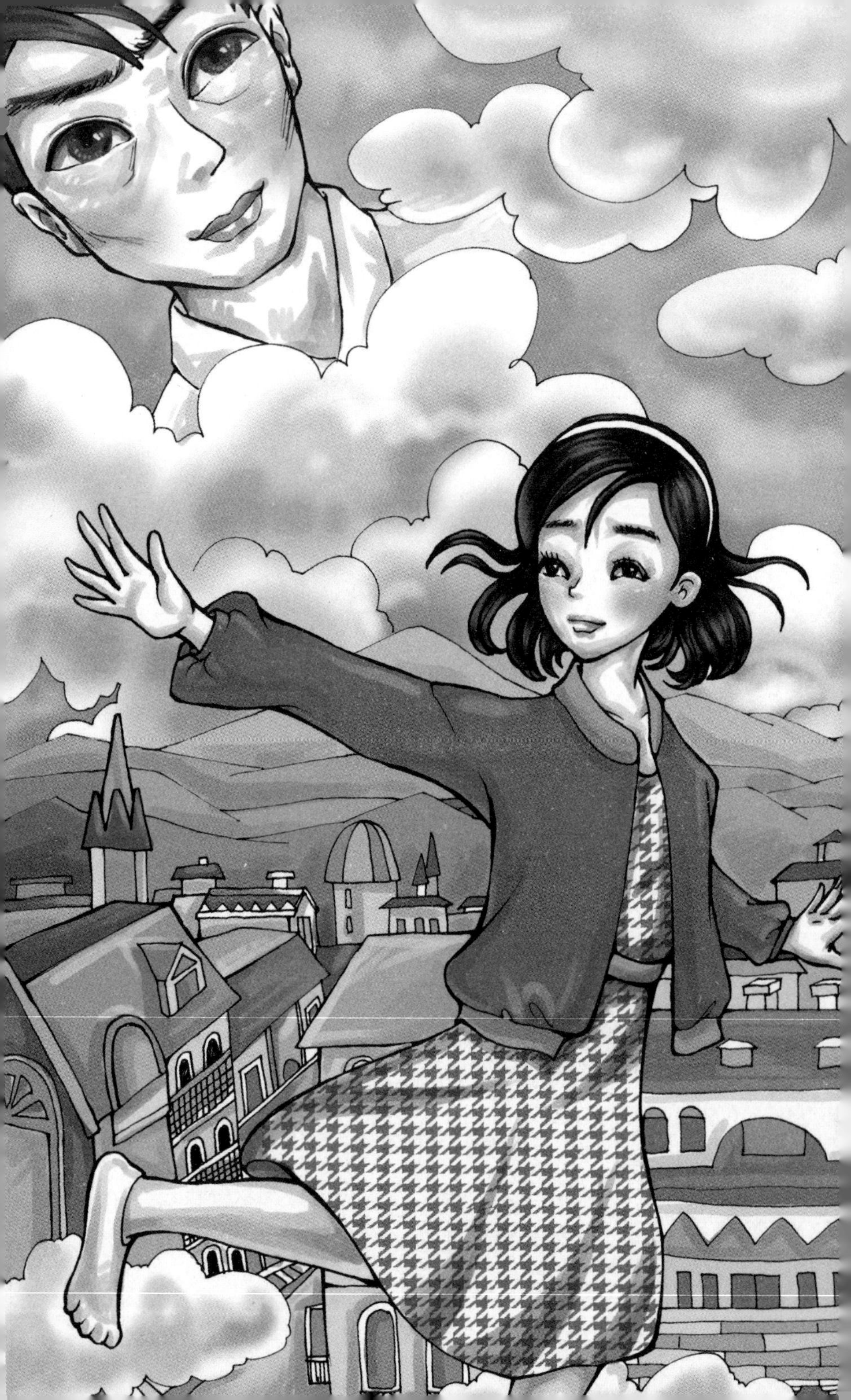